· 全民微阅读系列 ·

遇见另一个自己

焦辉 著

江西高校出版社

图书在版编目（CIP）数据

遇见另一个自己 / 焦辉著 . — 南昌：江西高校出版社，2017.11 （2021.1重印）
（全民微阅读系列）
ISBN 978-7-5493-4980-7

Ⅰ. ①遇… Ⅱ. ①焦… Ⅲ. ①小小说—小说集—中国—当代 Ⅳ. ① I247.82

中国版本图书馆 CIP 数据核字（2016）第 321533 号

出 版 发 行	江西高校出版社
社 　　址	江西省南昌市洪都北大道 96 号
总编室电话	（0791）88504319
销 售 电 话	（0791）88592590
网 　　址	www.juacp.com
印 　　刷	永清县晔盛亚胶印有限公司
经 　　销	全国新华书店
开 　　本	700mm×1000mm 1/16
印 　　张	14
字 　　数	160 千字
版 　　次	2017 年 11 月第 1 版 2021 年 1 月第 2 次印刷
书 　　号	ISBN 978-7-5493-4980-7
定 　　价	45.00 元

赣版权登字 -07-2016-966

目录

第一辑　打工故事 / 1

老歪 / 1

替身 / 4

一口闷 / 6

空中糖纸 / 9

小丽 / 11

隔窗而望的女孩 / 13

兔子 / 16

一只斑鸠 / 18

麦香阵阵 / 20

豆豆 / 23

工地花香 / 25

鹰风筝 / 27

关仑的一天 / 30

唤醒春天 / 33

害怕睡觉 / 35

海的选择 / 37

第二辑　乡村风情 / 40

车祸 / 40

录音机 / 43

一棵玉米 / 45

杀鸡 / 47

六柱 / 49

清明 / 52

关老舅 / 53

收发员老霍 / 56

堂嫂 / 58

感恩 / 60

偷瓜 / 62

南窗下的槐木桌 / 65

闹动静 / 67

炒花生 / 70

十岁的那场电影 / 72

岁月的面纱 / 74

江家屯站 / 76

胖哥 / 79

汤圆味道 / 82

童谣 / 84

一小时多少钱 / 87

安妮 / 89

两个懒人 / 92

冬至的饺子 / 95

夏天的下午 / 97

月蚀 / 100

窗帘上的游戏 / 102

借车 / 104

第三辑　另类表达 / 107

一只怪异的猫 / 107

屋里飞进来一只鸟 / 110

阳光里的猫 / 112

站笼 / 114

病人 / 117

遇见另一个自己 / 119

失踪 / 121

一抹微笑 / 123

奔跑的灵魂 / 126

阳台上的狗 / 129

一把瓜子 / 131

神匠 / 133

找毛病 / 135

一条饥饿的狗 / 137

诸 / 139

勇士 / 141

蝶舞 / 142

一只渴望飞翔的羊 / 145

吞冰人 / 147

鸟语花香 / 150

雨夜 / 152

红月季 / 154

第四辑　爱情空间 / 156

一朵芬芳的花 / 156

桃花笑 / 158

左右 / 160

大哥 / 162

像黑夜一样入睡 / 165

夜花 / 167

桃花扇 / 170

一件红外套 / 172

屋檐下的斑鸠 / 174

秘密 / 177

蓝皮日记本 / 179

温暖的小笼包 / 182

花衬衣 / 184

爱吃凉皮的男人 / 186

柳红 / 188

房东黄哥 / 191

敲墙声 / 194

第五辑　生活百态 / 197

盲人摄影家 / 197

黑色外套 / 200

一盒月光 / 202

看老马 / 205

母亲的荣耀 / 207

寄往天堂的羽绒袄 / 209

城市生活 / 210

救 / 212

大肉蒸碗 / 215

第一辑 打工故事

在背井离乡的打工生活中，注定会发生许多故事。这些故事像无数的水晶，折射出人在异乡的酸甜苦辣、人性百态、爱恨情仇。作者曾有一段时间四处漂泊，靠打工谋生，这章精选了一组打工题材的小说，有着作者切肤的感受和深刻的思考……

老 歪

忽然进来几个人，一个人威严地说："我是警察！不要动！"几个人扑过去，摁住了钢叉。惊醒的工友们一个个面面相觑，不知所措……

那年冬天，我随同村的钢叉去一个建筑工地打工。钢叉大我两岁，十八岁了。

工棚里，钢叉和几个人抽着烟用扑克赌钱。我掏出本小说，光线太暗了，便随手一扔，砸着了邻铺的人。他揉着眼支起头，我忙道歉。他没说话，又躺下了，打开收音机。有个打牌的人喊："老歪，声音放小点，老子输钱了，小心收拾你。"他把音量调小了。

天上的星星还未散尽，哨子声响起来。我用馒头夹根腌红萝卜，舀一碗小米稀粥。看墙外一棵削断树梢的梧桐树上飞旋起无数叽叽喳喳的麻雀，东方泛起一溜溜的鱼肚白。饭后集合，工头开始分派活。

我跟着一个五六十岁的人运砖头。他太邋遢了，一件半大的袄，灰乎乎的，已经看不出本来的颜色；一条黑裤子，满是污垢；脚上一双旧解放鞋；头发不算长，却脏乱；胡子茬和脸上的水泥灰、油灰很好地结合了；皱纹里一双不大的眼。走起路，耷拉着脑袋，迈左边的脚身子就向左边歪，迈右边的脚身子就向右边歪。我差点笑出声来。

他忽然问："你多大了？"我迟疑了一下答："十六。"他站住了，好像想什么事情。工头直着嗓子喊："老歪，快点干活去，找骂呢还是今天的工钱不想要了？"老歪连忙快步走，身子晃得更厉害了。

装砖头时，老歪说："你站里面些，看见戴红安全帽的过来再干，没人就歇着。"他装砖头的样子，让我忍俊不禁。他拿起一块砖头，反复看，像琢磨一件奇特的物品，然后，再慢慢地放进车斗里，像电影上的慢镜头。他不爱说话，说话时又不看你的脸，好像是自言自语。他说："你应该上学，要不，去哪里学个技术吧，才十六啊。"

晚上，工棚里的人大都出去玩了，老歪好像睡着了，我一个人听着收音机。钢叉领一个我不认识的人进来，他走到我身边，看看老歪，老歪发出轻细的鼾声。钢叉说："想不想挣钱？"我答："这不是废话吗？"他压低声音："明天晚上跟我们出去吧，挣大钱。"我犹豫了一下。他说："干一次，顶你在这累死累活几个月。"我心动了，说："中，就干一次，挣了钱回家接着上学去。"

第二天我干活心不在焉了。老歪问："病了？"我摇摇头。他说："肯定病了，还不轻呢。"我没理他。下午工头派活，让我和老歪去抬一个电机。电机不大，有四十来斤，我在前他在后，用一根钢管抬着，轻轻松松地走。走着走着，听见"啊"一声，我忙转身，看见老歪绊倒了，电机不偏不倚正砸在我右脚上，这下轮到我"啊"了，一阵钻心地疼。

老歪连忙用小斗车拉着我去了工地旁边的诊所。骨头没事，只是皮外伤，上完药就回来了。工头骂了他一顿，老歪一迭声地说："都是我的错，药费我拿，他的伙食费我也拿。"

晚上，钢叉他们几个出去了，天明才回来。

这天，钢叉没出工，蒙头睡觉。下午，他买回来几瓶啤酒，几根火腿肠，我是第一次喝啤酒，晕得不行。钢叉说："我分了一千多块呢，你砸着脚了，没去成，真亏啊。"我遗憾且羡慕不已，更加恨老歪。钢叉安慰我："伤好了，再跟我们干，准能发大财。"

过了几天，我能慢慢地走路了。这天下大雨，我歪在工棚里看书，钢叉和几个上了夜班的工友都在蒙头大睡。忽然进来几个人，一个人威严地说："我是警察！不要动！"几个人扑过去，摁住了钢叉。

惊醒的工友们一个个面面相觑，不知所措。钢叉戴上了手铐。几名警察架着他走出工棚，钢叉浑身筛糠样，变了声调地哭喊着。我忽然浑身颤抖，牙齿咯咯喳喳地互相撞击着。

后来知道，钢叉他们那晚打劫了一个男人，那人拼命反抗，被钢叉他们踢到天桥下摔死了。我在钢叉被抓后，发起了高烧，老歪送我去打了吊针。烧退后，我决定回家。

老歪一直把我送到了车上，他从怀里掏出一本书送给我，说："坏事干一回也不中啊，我有个儿子，高高瘦瘦的和你差不多哩，警察去抓他，他吓得从六楼跳下去了。"我猛然愣住。老歪慢慢地走出车站大门，我这才回过神，明白了一切，不禁泪流满面。

车开动了，我打开老歪送的书，发现里面夹着一沓钱和半拉烟盒纸，纸上歪歪扭扭地写着：孩子，去上学吧。

替　身

几个人兴高采烈地跑去他独住的别墅，推开门，大吃一惊，他伏在地板上就像蝈蝈坠楼时的模样。推他，不动，查看，他没有气息，已经死了……

影视明星蝈蝈从三十六层高楼跳了下去……

他听到消息后猛地跳了起来，身子震了震，又颓然瘫进沙发。手里的镜子落到大理石桌面上，碎成无数闪光的鳞片。

影视城扩建，他推了一车水泥沙浆，看路边轿车里下来几个人，为首那个穿花衣服的男人，看上去很亲切，好像很久以前就认识了。他忘记了让路，突兀地挡住了他们。那个男人一脸惊讶。那个男人叫蝈蝈。

他成了蝈蝈的替身演员。他和蝈蝈长得像孪生兄弟，这是蝈蝈的朋友们说的。他每天闲下来就会掏出随身携带的一面镜子，仔细端详，心里揣摩蝈蝈的表情，平时一举一动更是刻意模仿蝈蝈。时间久了，他开始恍惚，觉得自己就是蝈蝈，哦，就是蝈蝈的影子。

虽然在替蝈蝈演一些危险片段时也会受伤,但比起建筑工地来,无疑就算天堂了。他住豪华的大房子,吃不知道名字的美食,出入有豪车,定期有不菲的收入……他为蝈蝈工作,愉快而感激。

蝈蝈左边的太阳穴上有个刀疤,像条小蚯蚓趴在精美的器皿上。与蝈蝈的这点区别,他很难过,虽然他在镜头前是很少露脸的,虽然还可以让化妆师弄条假刀疤,但在一次酒后,他还是举刀砍在左边的太阳穴上……

蝈蝈独处时喜怒无常,心情抑郁。他有些不明白,自己对目前的一切非常满足,非常舒心,为什么蝈蝈不开心呢?蝈蝈缺少什么呢?他感觉和蝈蝈还有很多不同,他苦苦思索,终于明白,蝈蝈是影视明星蝈蝈,自己只不过是蝈蝈的影子。影子依附着蝈蝈,没有担当,没有压力,有什么不满足呢?我不是个好替身。他又这样想,开始难过了。好替身应该分担蝈蝈的喜怒哀乐。

他试着走进蝈蝈的内心。渐渐地,他更像蝈蝈了,从音容笑貌到举手投足到喜怒哀乐。可以这样说,假如蝈蝈从地球上消失了,他就会变成蝈蝈。

有次蝈蝈玩失踪,拒绝参加新片发布会。导演和投资人只好让他代替,发布会上人山人海,都是媒体记者和蝈蝈的影迷,竟然没有一个人看出他是个替身,是个影子。

他看见蝈蝈站在高楼上,俯瞰人间:一辆辆车亮着灯头尾相连,宛如一条被禁锢的火龙,孤独无奈;影影绰绰的街道和楼房,寂寥冷清;自己就像一只蚂蚁,一只显微镜下的蚂蚁。他看见蝈蝈仰望夜穹:无数细雨洒落,如一双双眼睛里流出的虚假的泪;深不可测的夜空啊,像人心像僵冷空洞的笑;自己就像一粒尘埃,一粒狂风中的尘埃。他奇怪蝈蝈为什么不向身后看呢,身后有母亲的唠叨和父亲的慈爱；蝈蝈为什么不向前方看呢，前方有明丽的太阳和美丽的星月。他摇头，不，不，自己应该顺着蝈蝈的思路想，自己是蝈蝈的替身，是蝈蝈的影子……

人没有翅膀，可是，每个人的心里都有双翅膀。蝈蝈伸展双臂，上下扇动，生出了飞翔的欲望。蝈蝈真的飞了起来，他笑了，感觉极像儿时被父亲抛向高空被母亲抹去眼泪被那个穿白衣的少女用树叶挠醒……蝈蝈用力扇动翅膀，想高飞，却不由自主地直直坠落，蝈蝈一阵晕眩。砰！声音沉闷，他感觉筋骨和心脏碎裂了，像无数闪光的鳞片……

两天后，蝈蝈的经纪人和影视投资人想起了他，他完全可以代替蝈蝈，强力推出他，凭借蝈蝈的名气，将会掀起一场影视界的龙卷风。

几个人兴高采烈地跑去他独住的别墅，推开门，大吃一惊，他伏在地板上就像蝈蝈坠楼时的模样。推他，不动，查看，他没有气息，已经死了。

一口闷

老耿走远，"一口闷"弯下腰，不停地呕吐。我吓坏了，他摆摆手，说，不碍事的，给我弄点水喝……

发工钱这天中午，伙房的老崔就清闲了。

工友们大多不来吃饭，三五成群地走出工地，去银行往家里汇钱，再气壮地打个电话。有些工友会坐进路边的小饭店炒两个菜，喝几口酒。大多数工友是去熟食店买些猪头肉、花生米，揣瓶酒兴高采烈地回工棚。酒不敢放量喝，下午还要干活。剩下的酒晚上去伙房打碗白菜烩萝卜，才能瓶瓶见底。

我和几个焦作的工友围在一起，刚打开酒瓶，一个矮个子男人走进来，手里提着只烤鹅。老黄咧开大嘴，露出黄牙，说，回来了，老家的房卖了吗？老婆回来没有？矮个子男人眨巴几下眼，坐下说，喝酒喝酒，爽快的时候不提糟心事。几个人哈哈笑一通，把酒挨个倒进杯里。矮个子男人端起杯子，一扬脖，哧溜，一杯白酒进了肚。

矮个子男人夹块肉，塞进嘴里嚼，问我，新来的，老家哪里？我说，周口的。

我听老黄讲过，他有个老乡，喝酒那是"一口闷"，结完婚去东北的一家工地打工，两年没回家，第三个年头揣着钱回家，老婆早跟一个男人跑了。我现在知道了，眼前的这个矮个子男人就是"一口闷"。

吃完饭，准备上工，"一口闷"显出脸红脖子粗的酒态。工头老耿派活时，问他，你喝了多少酒？他答，没喝酒。老耿问，脸怎么红了？他学着京剧里的腔调答，这叫容光焕发。大伙笑。老耿也笑。我和他被派去挖一个深两米五，宽一米五的方坑。

"一口闷"爬到一摞砖头上，四下看看，跳下来，一屁股坐在铁锹把上，说，焦辉，鬼子的没有，我们的歇歇。我笑。他从腰后面抽出一根一尺多长的芦苇竿，拿出一个小塑料盒子，打开，倒出一小撮金黄的烟丝，塞到苇竿一头的圆口里。用嘴噙着另一头，拿打火机燃着烟丝，噗，一口，烟丝燃尽。他徐徐吐出烟雾，啪啪，磕几下，磕干净了烟灰，再填烟丝，再吸，再磕。我从没见过用这样的烟袋锅这样子不嫌麻烦地抽烟。看他怡然自得的样子，我说，

遇见另一个自己

你这也是"一口闷"。他一愣，哈哈地笑。

你俩干啥？工头老耿阴着脸说，上工一个小时了，一铁锹没动。"一口闷"慢慢腾腾地站起来，说，老耿，这点活，我一个小时搞定了，先养精蓄锐。老耿说，吹吧。"一口闷"说，打赌？两盒中华烟。老耿一撇嘴，赌就赌。

看完表。老耿说，开始。"一口闷"跳了起来，抢起铁锹疯了一般。土纷纷飞扬。老耿对我说，这货老婆丢了，蛮劲用这了。一个钟头没到，方坑挖好了。"一口闷"爬出来，脸色煞白，哈哈大笑。老耿的脸色很难看。"一口闷"向老耿伸出手，你输了，拿烟吧。老耿的脸"腾"地红了，一声不吭地走了。老耿走远，"一口闷"弯下腰，不停地呕吐。我吓坏了，他摆摆手，说，不碍事的，给我弄点水喝。

晚饭后，工友们红光满面，精神头比白天还足。老黄凑到我身边说，老弟，多大了？我说，十七了。老黄说，走，老哥领你开开眼去。我问，去哪？老黄笑说，到地方你就知道了。看我还愣着，他一把拉住我往外走。

出工棚碰见"一口闷"。他问，干啥去？老黄不理他，拉着我只管走。"一口闷"伸手拦住我，说，你真跟老黄去？老黄说，关你啥事？"一口闷"不接他的话，瞪圆一双小眼，问，焦辉，你想不学好？我明白老黄去哪里了，不由涨红了脸，甩开老黄的手。老黄气咻咻地走了。

我和"一口闷"爬上工地的横木堆，并排坐下，望着围墙外车水马龙的大街。

路灯光照过来，"一口闷"满脸的泪水。

我问，怎么了？

"一口闷"说，我老家的房子和地都没有了，心里难受。

空中糖纸

　　住着豪华的别墅，开着跑车，吃尽天上飞的地上跑的水里游的土里钻的，穿的是世界顶级服装设计师量身打造的，而且王五最喜欢用百元大钞叠成纸飞机，站在别墅上放飞……

　　王五打着饱嗝，从嘴里飘荡出萝卜炖肉的香味。王五兜里揣着上次喝剩下的白酒，爬上了六楼的楼顶。刚铺好的混凝土，隔不远还露出根钢筋头。王五寻个纸板铺到几袋水泥上，躺下，喝口酒，望着高远的天空出神。再喝口酒，再望天空出神。

　　初秋的天空洁净爽利，似乎比往常升高了许多。这时候，一张糖纸闯进了王五的视线。糖纸彩色透明，在风中舞动，不高也不低，不快也不慢，就在王五的头上飘飞。阳光透过糖纸，染了色彩后落在王五脸上、身上。王五想，也许，这张糖纸是某个女人扔的。女人剥开糖纸，像剥开甜蜜的生活，把甜蜜塞进嘴里，一扬手，彩色糖纸飞进了风里。飞啊飞，飞到正建的高楼上，飞进二十五岁男人头顶的天空。

　　酒瓶空了，王五晃晃，把空瓶摔进不远的碎砖头堆里，伴着一声脆响，空中糖纸更欢快地舞动。王五望着空中飞舞的糖纸，感觉有些不对劲，感觉有什么事情要发生。这种神秘奇特的感觉越来越强烈地攫住王五，这感觉，像玉米从爆米花炉子炸出来的时刻，像小鸡从鸡蛋里面啄破蛋壳的时刻。也许，今天，自己的人生可能会有重大地转折，自己的命运正要发生变化。王五想。

　　嗯，去买张彩票，一定会中奖。王五对自己说。王五来到离工地不远的一家彩票店，买了一张。电视直播抽奖过程，王五在小卖部的电视里看到了中奖号码，36985241。他偷偷掏出彩票，369，王五心跳加快了，852，王五浑身颤抖，他不敢往下面看了，但又不能不看，他屏住呼吸，41。最后两个数字跳进眼帘，顿时化作幸福的海洋，滔天巨浪把王五吞噬掉了。王五转眼间成了千万富翁。

　　王五小时候割草滚下河坡，摔断了左腿，走路有些跛，成了别人眼里的笑柄，甚至有人喊他"路不平"。如今，没有人喊他"路不平"了，喊他王老板。有个女人长得很好看，像画儿一般，她依偎在王五怀里娇滴滴地说，她最喜欢王五走路时左摇右晃，加上他细小的眼睛，大大的嘴巴，让她着迷。

　　王五住着豪华的别墅，开着豪华跑车，吃尽天上飞的地上跑的水里游的土里钻的，穿的是世界顶级服装设计师量身打造的，而且王五最喜欢用百元大钞叠成纸飞机，站在别墅上放飞。

　　王五打个酒嗝，重新调整了躺着的姿势，使自己更舒服些。空中的糖纸还在飞舞，但下降了些，就是说，离王五更近了。王五说，嗯，就算不买彩票到城市中心随便走走也一定会交上好运。王五走到市中心的过街天桥旁，看见一个人从天桥上跳了下来，王五伸手一接，抱住了跳下来的人。王五眼前一黑晕倒了。王五在医院里醒来，很多人围着他，床头桌上堆满了鲜花，看他醒来，人们纷纷鼓掌。很多记者来采访他，网上、电视上、报纸上都是王五见义勇为的事迹和照片。

　　一个漂亮的女孩经常来医院照顾王五，等王五出院后，女孩向王五吐露了爱慕之情，王五欣然接受。这时候王五才知道这个女孩就是那天从天桥上跳下来的人，女孩经过这次轻生，明白了活着的意义，而且爱上了英雄王五。女孩是独生女，她父亲是某集团公司的老总，身家过亿。后来王五继承了女孩家的钱财，住着豪华的别墅，开着豪华跑车，吃尽天上飞的地上跑的水里游的土里钻的，穿的是世界顶级服装设计师量身打造的，而且王五最喜欢用百元大钞叠成纸飞机，站在别墅上放飞。

王五站起来扬扬胳膊，但手中没有百元大钞叠成的纸飞机。眼前有张飞舞的糖纸。一阵风，糖纸翩然远飞。王五大惊，忙追赶糖纸，好像糖纸远去，自己的好运也将远去。王五终于抓住了糖纸，他高兴地笑了，好像那些好运气全都已经抓住，只等去实现了，他不知道脚已经踏空了，身子晃了晃，坠落下去……

小 丽

小丽端着盆衣服去水管旁洗，走着走着，摔倒了。盆子飞出去很远，而且飞得很慢，像电视上的慢镜头。她看着盆子慢慢地飞向远方，落在一个男孩身上……

从地下商场出来，小丽眼花了。仲夏的阳光落满小城，看上去像无数碎镜片。

小丽长得娇俏可爱，虽然出来打工好几年了，依然清纯如她家乡的那泓月光泉水。她揉揉眼，长时间盯收银台电脑的眼睛酸起来，眨巴眨巴，蓄满了无数水光。再伸个懒腰，扭扭脖子，缓解了一下八个小时不停工作的劳累。

路边的树上开满了乳白色的成串的花，小丽叫不出这些花树的名字，还是很喜欢它们，甚至有些佩服。这些树生在坚硬的水泥地上，要时刻接受水泥路反射阳光的炙热，还有喧嚣的人车声，无数的灰尘和尾气，但它们绿叶依然，花色素雅，充满了生机。

小丽伸手轻轻摸了一下簇簇挨挤在一起的小白花，嘴角荡漾出微笑。她决定先不吃饭，顺着花树走走。她慢慢走，看马路上快速跑过的小轿车，看马路上快速跑过的电动车，看两边造型不一的建筑物，看一家家商铺的店名。这样慢慢走了一会儿，她看见路边有辆银白色的小轿车。小丽仔细看车的标识，认出来是一辆豪车。小丽多看了几眼，车门忽然开了，下来一男一女。女的昂首挺胸大声地说着什么，怒容满面。男的陪着笑，驼着背，不住地诺诺点头。男的偷偷扭头叹了口气，小丽看清了男的面容，心里咯噔了一下。男人是李往。

小丽高中毕业，来城市打工，进了家电子厂，成为流水线上一个有血有肉的机器。加班成了正常的事情，假如有一天主管没安排加班，小丽会感觉不正常。小丽的一双大眼睛熬得像熟透的桃子，脑袋也像灌进了铁汁，终日晕晕的，脚放在地面轻飘如驾云。心，一片荒芜，像秋冬的草坡，尽染枯黄颜色。

小丽不知道春天在哪里，直到质检员李往的出现，才让小丽耳边响起春燕的呢喃。有次夜班后，小丽端着盆衣服去水管旁洗，走着走着，摔倒了。盆子飞出去很远，而且飞得很慢，像电视上的慢镜头。她看着盆子慢慢地飞向远方，落在一个男孩身上。男孩转过身，面容清秀，因为惊吓瞪大了的眼睛盯着小丽，男孩大声说着什么，小丽没有听到，她觉得很困，就闭上眼睛睡着了。

等小丽醒来，已经在医院了。男孩看她睁开眼睛，说："你生病了还连续加班，不要命了？"小丽不好意思地笑笑。男孩低过身来，帮小丽掖掖被角，低声说："我叫李往，你想吃点什么？"男孩的气息笼罩了她，她的脸红了。出院后，两个人成了朋友。

在车间，李往走过小丽身边的时候，会偷偷在她台面放一颗糖，或者停下咳嗽两声。小丽低着头偷笑。夜班后，小丽去水管那里洗衣服，李往也去，俩人轻轻地说笑着。日子忽然春暖花开了。在李往的帮助下，小丽调到了车间仓库。工作清闲了些，小丽开始自学打字和财会。休息日，李往骑着摩托车带着小丽去郊外玩。小丽坐在摩托车后座上，风在耳边刮过，她抱紧李往，甜蜜地笑着。李往大喊："李往永远爱小丽！"小丽也大喊："小丽永远爱李往！"风把喊声扯得有些变音，两个人的喊声纠缠在一起，飘到了高远的天空。

两年后，公司老板的女儿黛娜回国，任质检部经理。李往开始躲着小丽，没几个月，李往和黛娜订婚了。小丽悄悄离开了电子厂。

小丽忙背过身去，打量路边的玻璃广告牌。她靠着广告牌慢慢走，离轿车远了些，离李往和黛娜远了些，才慌慌地扭头走开了。她很想回头看看，最终也没回头。她感觉肚子很饿，快步走进一家饭馆，要了两个菜，要了瓶白酒。她从来没有喝过白酒，刚喝一口，辣得眼泪扑簌簌地落下来。小丽放下酒杯擦眼泪，泪水怎么也擦不干。

隔窗而望的女孩

忽然长出个疯狂的念头，能不能用其他办法弄到一笔钱呢？工地上有很多铁卡子，还有钢筋，还有电机，拿去卖一定值钱……

我高考落榜后的冬天尤其寒冷，床头桌上的茶缸里，喝剩下的茶水夜间冻成了冰块。我捆好行囊，拿暖壶往茶缸里倒开水喝，茶缸发出嗞嗞和噼啪的声音。嗞嗞是冰块融化，噼啪是冰冷的茶缸骤然受热，崩掉了些瓷。

太阳像面镜子，在寒雾里闪闪发光。我坐上了北去的客车。行程两千里，到了阳城，愈加寒冷，大概是离北风近的缘故。我成为了一个修地铁车站的民工，住在离工地一公里远的地方。午饭在工地上吃，每天十二点整，肥硕身材的老韩就会骑着三轮车出现。我一直认为伙夫老韩的细小眼睛是因为炒大锅菜被油烟熏的。

每天早上去工地，我都是步行，不愿坐公交，一是暖和，二是省钱，主要是后者。我需要赶快赚够明年复读的学费。这天早上，寒风裹挟着雪粒，我小步跑着，不敢大口呼吸，鼻子硬如冻石，能感觉寒气在骨缝里弥漫。经过一座立交桥，我靠在立柱上喘息，转头看见了一扇窗户。

一个美丽的女孩端坐在窗户里，正朝这边望。隔着条马路和被屋里热气蒙眬了的玻璃，我仍能看得出来，女孩正望着我，而且嘴角荡漾着微笑。我的脸红了，立即挺起胸膛，大概男人见到美丽女孩都是这样吧，我不再瑟瑟缩缩，也回报给女孩一个笑，转身跑去工地，不知道为什么，感觉没有初时的寒冷了。从工地回住处，天上星光和路灯遥相呼应，我走到立交桥那里，转头看临路的那扇窗，里面没有开灯。窗，隐没进夜色的幽暗里。

第二天经过立交桥，望临街的窗，我惊讶地发现，女孩又端坐在窗户里，微笑着望我。我回一个微笑，挺起胸膛跑去工地。从此，每天走到这里我都要与女孩隔窗相望一会儿。一次时间早，我越过了那条马路。我小心翼翼，如果女孩有不欢喜的神情和举动，我会立刻止步。女孩一直在微笑，我慢慢靠近窗户。女孩和我年纪相仿，安静地坐在一张宽大的桌子后面，隔着玻璃上几朵热气勾画出的美丽图案，我看清了女孩的容貌。她的额头宽阔光洁，面色白皙，眉毛弯如月牙，一双清澈明亮的大眼睛，端正的鼻子，微翘的嘴角绽放着笑，黑发柔顺地垂在肩上。

工地的活很累，算算工钱，算算日子，很难坚持下去。晚上躺在床上，骨头散了架，心像浸泡在醋缸里，泡完又被拎出来，硬硬地摔在冷冻的地上，再用绳子提溜起来，挂在屋檐下，任寒风霜雪侵袭。当女孩微笑的脸庞浮上脑海，然后在眼前慢慢清晰，一股柔软的温暖开始在心间跳跃。靠着心间这点跳跃的温暖，我才能入睡。

也曾在干活的间歇，忽然长出个疯狂的念头，能不能用其他办法弄到一笔钱呢？工地上有很多铁卡子，还有钢筋，还有电机，拿去卖一定值钱，甚至想，从银行里走出来的那些人，提着的包里一定有很多钱。这时候，女孩的笑容出现在眼前，我立即红了脸，低下头，偷着打自己几个耳光。

每天与女孩隔窗笑望，我渐渐变得坚强。到过年的时候，我算了一下工钱，复读的学费已经够了。我准备离开这个城市，我买了个粉红色的笔记本，换上干净的衣服，鼓起勇气敲开了那扇门。开门的是个六十多岁的老人，疑惑地问，你找谁？我紧张地简要说明了来意，虽然字句不连贯，幸好老人听懂了。她脸上有了温和的光，说，孩子，进来吧，只怕让你失望。我不明白老人这话的意思。

老人说，我孙女命苦，父母早早过世了。她的眼睛看不见东西，还又聋又哑。老人的话让我的脑袋轰轰作响，觉得灵魂和身体分离了。我不知道是怎么走到女孩的面前，她睁着美丽的大眼睛，嘴角荡漾着微笑。我把笔记本放下，泪水扑簌簌地滴落在粉红色的封面上。老人送我出来时，我想说，你们等着我，我一定会再来。但话噎在喉间，吐不出来，泪水怎么也擦不净。

回校复读，我沉默了，学习刻苦勤奋。一年后如愿考到了阳城大学。我坐公交车去了那座立交桥，下车后我吃了一惊。没有了小院子，没有了那扇窗，没有了老人，没有了女孩，眼前是一个正在开发的楼盘。

兔　子

中午，樱桃和兔子穿过一条僻静的小街，突然蹿出来一条黑狗，凶狠地扑向樱桃……

李图治大学毕业后，应聘进了一家天桥广告公司市场部。

老板带他去市场部，向一个穿红衣服的女孩喊："樱桃，图治交给你了。"老板刚走，市场部里就响起嘻嘻哈哈的笑声。有人说："哇塞，樱桃有危险。"另一个说："兔子不吃窝边草，没关系。"樱桃也哈哈笑说："来，'兔子'，坐我旁边吧。"又说，"咱这个团队很融洽友爱的，喊你'兔子'你别介意。这里大多喊绰号。"李图治也笑了，喊他兔子，他打心眼里感到亲切，从小学中学一直到大学，他都被喊作兔子。

樱桃说："兔子，一会儿咱俩'扫大街'。"兔子不解，也没敢多问，想是打扫公司门前的大街。他看了眼樱桃的工牌：陶英。

很快，兔子知道了"扫大街"，就是向大街两旁鳞次栉比的商铺发送报纸。这是公司的一项业务，公司发行一种报纸，上面刊登的全是五花八门的广告。这需要商家们在上面花钱刊登。

兔子感觉这些太小儿科了，不就是送报纸嘛。兔子跟着樱桃走进一家家商铺，满面微笑地捧着报纸，说："您好，我是天桥广告公司的，这是送给您的报纸，这上面有很多信息，您如果有什么需要，我们非常乐意为您效劳。"如有人询问版面费，樱桃就流利地报出各种不同版面的价格，然后留下名片。

下班时，樱桃给兔子几张打印纸，上面是不同版面的收费标准和推销方法。樱桃说："明天上班前背会。"晚上，兔子洗脚时感到火辣辣的疼，原来脚板磨起了几个水泡。

接下来的半个多月，兔子和樱桃都这么"扫大街"，兔子渐渐倦怠。他感觉也学不到什么东西，而且非常劳累，自己是名牌大学生啊，就和一个小丫头天天跑着发报纸，兔子腿快要累断了。有时候还要看商家们的白眼，受他们爱理不理的轻视。兔子开始无精打采，工作漫不经心。

中午，樱桃和兔子穿过一条僻静的小街，突然蹿出来一条黑狗，凶狠地扑向樱桃。兔子猛然推开樱桃，挡住狗。狗张口咬兔子，他一闪，衣服被撕烂一块，幸好狗主人出来了。狗主人喝住狗，赔了兔子一百块钱。樱桃连声感谢，请兔子吃烩面。兔子问她："你这么辛苦一月多少钱？"樱桃笑而不语。兔子慢慢地吃面，忽然说："我不想在这里干了。"樱桃低头吃面，问："为什么？"兔子说："整天干这些很难有大发展，我是名牌大学生啊，不是农村来的民工。"

吃完面，兔子和樱桃走出面馆，在路旁，樱桃脱掉运动鞋，扶着电线杆把纤细白嫩的脚抬起来，说："看看。"兔子大吃一惊，樱桃的脚底板竟然有层厚厚的老黄茧。樱桃说："我北大毕业。"兔子瞠目结舌。樱桃穿上鞋子，笑着看他，说："天桥广告公司成立才一年半，但已经初具规模。老板是农村来的，开始他也是'扫大街'。而且，老板脚底的厚茧更多。周末我领你去拜访他。"

周末，樱桃领兔子七拐八弯走进一条街。在一栋楼房前停下，

17

这栋楼没有电梯，兔子跟着樱桃吭吭哧哧地爬上五楼，累得够呛。老板在门口迎接。进门时老板说："小心。"咣咚，兔子的头碰到门框上。碰得头晕目眩，龇牙咧嘴。老板抱歉地说提醒晚了。樱桃咯咯地笑。原来，门是特意改造过的，比一般的门要低很多，必须把头深深低下，才能安全通过。在客厅，老板勉励了兔子，又代表公司说了些感谢话。

晚上，兔子摸着脑袋上的大疙瘩想了很久很久，最后豁然开朗，"脚底磨出厚茧，时刻记着低头。"兔子心里对樱桃充满了感激。

周一，兔子精神抖擞地去上班。他是第一个到公司的，大门还没有开。兔子望着朝阳慢慢地把"天桥广告公司"几个字照耀得金光灿烂，忍不住像只兔子般跳跃起来。

一只斑鸠

总经理两眼放光，他说："我小时候，吃过这种野生的斑鸠，味道鲜美至极。"说这句话时，他的喉结偷偷地蠕动了几下。次日，当一小盆香气四溢的肉出现在总经理面前时，他两只眼睛瞪得很大，少有的笑容满面……

我望着这位不速之客，孤寂的心头漾起阵阵欢喜。我把饼干掰碎，撒到窗台，它竟然不害怕，优雅地走过来啄食，嘴里不时地还咕咕叫着。它很漂亮，纺锤型的身体，流畅的线条，发散灰蓝色亮莹莹的光。脖子杂了圈白色的羽毛，像戴个美丽的项圈。

这只斑鸠每天都会来，享受我精心准备的美食，同时带给我很多快乐。很快，公司的同事都知道了它。秀来到了我的出租屋。秀是一个善良而又长得好看的女子。

秀喜欢把饱满的谷粒，放在掌心，让斑鸠啄食。斑鸠吃几粒，抬头歪着可爱的小脑袋，看一会儿秀。再用油光发亮的喙轻轻啄食秀掌心的谷粒，吃几粒，再看一会儿秀。秀喂斑鸠时神情虔诚，浑身微微颤抖，满眼泪水。有时甚至忍不住泪珠滑落。秀日日来喂食斑鸠。

秀要出国参加全封闭培训了，我们牵着手一起望着正在啄食的斑鸠。秀幽幽地说："你要好好善待它。我很快就会回来。"我望着秀清澈的大眼睛，点点头。

秀闪电般地吻了我一下，我差点晕了。秀的两颊也飞满桃红。

一个阴天。公司总经理来到我的出租屋。他是来看斑鸠的，我诚惶诚恐。看着斑鸠大胆地走到我们面前，总经理两眼放光。他说："我小时候，吃过这种野生的斑鸠，味道鲜美至极。"说这句话时，他的喉结偷偷地蠕动了几下。

次日，当一小盆香气四溢的肉出现在总经理面前时，他两只眼睛瞪得很大，少有的笑容满面。很快我被任命为部门主管。没有了斑鸠，我的心空了，但接着被丰厚的薪水和繁忙的工作填塞了。

我接连做成了几笔棘手的生意，在公司声名鹊起。秀接受的是封闭式强化培训，我没办法把这些成功告诉她。两个月很快过去，算算，秀归期已近。这段时日，我拒绝了公司花红柳绿们的诱惑，除了秀，我心里早已容纳不下其他女子。

一日午后，总经理约我喝茶。他说："你没让我失望，那几笔生意做得好。还有一件事情，需要你办。你只要按我的话去做，我保证你前途无量。"

当夜，我失眠了。

总经理安排我做的事，就算事发，也绝不会坐牢。但我要真做了，恐怕后半生再不敢面对信任的目光和灿烂的阳光了。想了几夜，我没答应。

我去机场接秀，接了个空。打她的手机，她也没接。在公司，我找到了秀。秀冷冷地看着我："焦辉，恭喜你晋升主管，顺便问一下，那只斑鸠的肉，好吃吗？"我愣住了。

秀泪流满面地说："我还是看错了你。虽然爸爸赏识你，一再说你本质上还算个好人。但我不会原谅你。你亲手杀害了一只美丽的斑鸠，仅仅是为了取悦上司，我不能原谅你。那是一个多么美丽的精灵啊。你怎么能下得了手？"

我恍然大悟。总经理姓叶。秀的全名叫：叶诗秀。秀是总经理的独生女儿。

我叹口气："唉，秀，你听我解释。"秀冷冷地说："不必了。"

秀低头看文件，不再理我。虽然我和秀近在咫尺，却感觉远如天涯。我缄了口，把原本想说的话，吞进肚子里，像吞进了一块棱角尖厉的冰。

过了几天，我谢绝叶总经理的挽留，离开了。

其实，我想对秀说："那盆肉汤，是养鸽场里的一只鸽子。那只美丽的斑鸠被我带到一百公里外的清明山放飞了。"

麦香阵阵

吕刚追到围墙边，一把揪住爬上围墙的人，用力拽了下来。另一个人举起袋子砸吕刚。吕刚偏头，背上挨了一下，扑通栽倒，眼前冒起金星……

兰兰慢慢地褪下粉红色的衣裙。吕刚惊醒了。

他拿起枕头下的手机，看了看，凌晨两点十八分。这个时候，工棚里竟然很热闹，各种声响在散发着酸臭的夜色里飘荡。磨牙声、呼噜声、放屁声、翻身声、梦呓声，床板发出莫名其妙的咯吱声。

吕刚点开手机屏，查找到那个魂牵梦绕的名字，食指摁了上去，摩挲着，就看见了一张有着酒窝的笑脸。吕刚又颤抖着手指拨通了电话。谁啊？慵懒的声音。吕刚捂着手机起身跑到了工棚外面。

兰兰，是我。吕刚的声音有些颤抖。工地上很静，守夜的老庞肯定躲进小铁皮屋里睡觉了。一盏日光灯挂在长竹竿上，蒙眬能看见很多铁叶子板、钢管、铁扣子等横七竖八地堆着。吕刚躲进暗影里，把耳朵贴在手机上。吕刚，咋了？兰兰的声音有些惊慌。这惊慌让吕刚心里发酸，胸口也跟着闷起来。

吕刚说，没事。然后吐出一口气，说，你慌什么啊？兰兰说，你这时候打电话，吓了我一跳，再有几天就收麦了，你回来吗？吕刚吭吭了几声，叹口气说，工程正赶进度，老板说这段时间另外还发些高温补助呢。兰兰也叹口气，说，知道了，反正现在收麦都用收割机，我一个人能行，只是——吕刚的心立马揪紧了，只是什么？电话那头迟疑了片刻，说，只是咱爹天天念叨你。声音低了，还有我，也，也，挂念你。吕刚的鼻子一酸，眼泪落下来，说，要不，我回去。兰兰的声音也有了泪水，好，要少挣不少钱吧。吕刚点点头，嗯，是少挣不少钱。兰兰说，那就别回来了，过年时早些回来。吕刚看见有人影闪进楼角暗影里，忙低声说，兰兰，有人来了，就这样吧。兰兰嗯了一声，说，多注意身体。挂了电话。

楼角的暗影里，有人影晃动。吕刚悄悄摸过去，发现有两个人弯腰整理着什么。谁？吕刚问。人影慌了，背起什么转身就跑。出了暗影，吕刚看清楚了，这两个人都背着半化肥袋子东西，有铁扣子的角露出来。铁扣子是搭架子扣钢管用的，一个有两斤重，而且可以当成品卖。吕刚大喊，有贼，快来人啊。奋力追上去。惊醒的工友也喊着跑过来。吕刚追到围墙边，一把揪住爬上围墙的人，用力拽了下来。另一个人举起袋子砸吕刚。吕刚偏头，背上挨了一下，扑通栽倒，眼前冒起金星。工友们赶过来，七手八脚摁住了那两个人。

老板很高兴，说，吕刚，你从今天开始看工地吧，老庞被我开除了。另外，我再奖励你三百块钱。吕刚高兴地点点头，嗫嚅着说，我想回家看看。老板没听清，问，啥？吕刚不言语了。老板是个直性子，说，有话说，有屁放，经这件事后，咱俩就是兄弟了。吕刚说，我想回家看看，奖金我就不要了。老板问，几天？吕刚说，两天。老板拍拍他的肩膀，行，就当养伤了。奖金照给。

吕刚去了商场，用奖金买了一件粉红色的衣裙。坐车回家了。他没告诉兰兰，想给她个惊喜。

吕刚背着挎包走在乡间的路上，金色的麦田在阳光下闪闪发光，散发着成熟的香气。吕刚伸手掐了一穗小麦，放在手里揉着。麦芒麦壳刺挠的手心痒痒的。吕刚吹去了麦糠，把饱满的麦粒扔进嘴里，嚼了起来。麦香阵阵，浸润进了心里。

豆　豆

大家好奇地问豆豆掉进过什么火坑。麻杆歪斜着眼睛，说，她被后娘嫁给了一个老哑巴酒鬼，整天挨打，不是火坑是啥？

豆豆长得圆滚滚的，圆脸圆眼睛，鼻头也是圆的，手肥嘟嘟的。她喜欢穿韩服，宽松的衣服盖住圆屁股，盖住粗壮的腿，整个人像圆球样在伙房里滚来滚去，不时发出银铃般的笑声。

我们私下里议论豆豆的年龄，有时候工友们还会为此争论，闹得脸红脖子粗。我按大家估摸的平均率，豆豆大概在二十岁到三十岁之间。有次我问她，豆豆，你多大了？她伸出长柄勺子，一拨，我饭盒里的一大块肥肉就没有了，她说，按照国际惯例，男人不能问男人工资，男人更不能问女人年龄。我吐吐舌头，懊悔了，我的一大块肥肉啊。我转身的时候，豆豆一抖勺子，那块肥肉又重新飞落进我的饭盒。豆豆咯咯地笑了。

工地上疯传豆豆和工头麻杆有一腿。豆豆和麻杆都是信阳的，豆豆来工地伙房做饭，就是麻杆介绍的。有人看见麻杆和豆豆在一间杂物库里偷偷摸摸的，好像豆豆还哭了。我们窝在潮湿的被褥里挤眉弄眼地议论豆豆，大头会很不耐烦地说，睡觉了，睡觉了。或者说，哎，哎，看手机上的新闻没有，又有几个贪官落马了。我感觉他有些不对劲，他分明是在转移话题啊。大头姓刘，我们是一个县的，他是许口镇的，离我们园艺镇二十来里地。

遇见另一个自己

　　这天快下工的时候，伙房冒出白色的烟雾，散发着罗卜炖肉的香味。送白菜的机动三轮车停在伙房前。这时候正是蒸好馒头炒好菜，要在一口铁锅里煮面汤的节骨眼上，伙房的老崔不放心豆豆煮汤，她煮糊过好几锅面汤呢。豆豆只好去卸白菜。

　　大头跑过去，帮豆豆卸菜。白菜很新鲜，翠绿的叶，洁白的身。大头和豆豆抬着用小网兜装好的白菜，一趟趟往返厨房。大头白净的脸通红，我不明白那点白菜的重量，就算大头一个人搬，也很轻松，怎么会累得满脸通红呢？转念就明白了，这个大头，嘿嘿。卸完白菜，大头跑回来，我看见他满头是汗，眼睛发亮。

　　豆豆好脾气，大家喜欢打饭的时候和她开玩笑，有些老男人的玩笑很荤腥。豆豆脸红了，咯咯笑几声，不接腔。大头就用恶狠狠地眼光盯那些老男人，把萝卜嚼得咯嘣响。有时候，麻杆在场，就会骂那些老男人，豆豆就冲麻杆笑。大头用很复杂的眼神看看豆豆，再看看麻杆，眼睛红红的。

　　有次麻杆喝醉，溜进工棚，有人说他去找豆豆了。他喷着酒气，说，我把豆豆救出火坑了，什么时候找她都是现成的。大家好奇地问豆豆掉进过什么火坑。麻杆歪斜着眼睛，说，她被后娘嫁给了一个老哑巴酒鬼，整天挨打，不是火坑是啥？

　　一天夜里，麻杆在杂物库被打了，听说当时还有豆豆。第二天集合分活的时候，麻杆吊着胳膊，青肿了眼，咆哮着说，一定是你们中的谁干的，我亏待过你们吗，下这样的狠手。上来就是一顿狠揍啊。豆豆站在伙房门口，向这边张望着。麻杆突然拉着大头的手说，你这手咋弄伤的？

　　大头的右手骨节处，有一处新瘀伤，红肿发紫。他脸色煞白，扭头看我，说，我昨天和焦辉一起干活的时候弄伤的。麻杆问我，大头的手咋弄伤的？我望着麻杆说，黄老板，昨天我和大头拆架子，我失手掉了一个铁扣子，砸大头手上了。

中午吃饭的时候，大头把他的 MP3 送给我，说，过年回老家请你喝酒。我笑笑，知道他是感谢我为他圆谎。下午，大头消失了。和他一起消失的，还有豆豆。

工地花香

没一会儿，下工的人围了过来。老奎吸溜吸溜鼻子说，沏壶茶，养养花，有这份闲情逸致，不该来工地干活。

乔哥爱笑，笑容像上海四月的阳光，明媚灿烂。工头老韩斜叼着烟卷，说，乔哥，你好像整天都很开心啊。乔哥不语，咧嘴笑，露出一颗洁白的虎牙。老韩扭头对其他人说，你们不要一个个哭丧着脸，学学乔哥，看着就有股麻利精干的劲。

乔哥在上海商务区的一个工地打工，他干活不吝惜力气，为人踏实憨厚，很多工友都喜欢他。这天早上，乔哥推着灰浆车，看见路边有棵翠绿的植物。他俯身，认出是一棵油菜。乔哥是豫东平原太康人，家乡遍种油菜。油菜开花时节，蓝天白云下，满目艳黄缤纷，花香在清风里飘溢。乔哥似乎闻到了花香，鼻子抽了抽。

乔哥忙把灰浆送到瓦工二憨身旁，说，二憨哥，我离开一会儿，老韩问我就说我解手去了。二憨点点头，说，那你告诉我你干啥去。乔哥笑说，我回来告诉你。乔哥说完，一溜烟儿跑了。

工地上到处都是垃圾，油菜生长在砖灰瓦砾中，叶子覆满了厚

遇见另一个自己

厚的灰尘，在土黄色里愈加显得翠绿。乔哥用钢筋头小心地挖松油菜周围的泥土，然后把油菜移栽进一个拎灰浆用的小皮桶里。乔哥捧着油菜，跑回工棚，用几块断砖头在工棚前垒了个小台子，把皮桶放在上面。阳光洒在这棵羸弱的油菜上。乔哥看着油菜，欢喜地笑，然后跑去干活。二憨又问他干啥去了？他笑说，下工回工棚就知道了。

下工后，二憨和乔哥一起回工棚，远远看见那棵油菜，问，乔哥，你刚才弄这去了？乔哥兴奋地点点头，说，过几天，它就会开很香的花，到时候蜜蜂和蝴蝶——晕！二憨打断他的话，你咋比我还憨，我们是在工地打工呢，还有这份闲心。再说，你看这棵油菜，半死不活的，怎么能开出花。乔哥嘿嘿笑，说，它一定会开花。没一会儿，下工的人围了过来。老奎吸溜吸溜鼻子说，沏壶茶，养养花，有这份闲情逸致，不该来工地干活。老方跺了跺脚上的灰浆，灰浆已经干了，像长在了鞋帮上，他说，乔哥弄这样蔫了吧唧一棵油菜，还向往着开花，闲扯淡。乔哥嘿嘿笑，并不接大家的话，用个矿泉水瓶子给油菜浇水。

伙房飘出萝卜炖肉的香味，人们纷纷涌向伙房。做饭的老安喊着，排队排队，弄啥哩。很快，大家端着菜拿着馍找个钢筋堆圆木头什么的，或蹲或坐，开始吃饭。看乔哥过来，人们纷纷指着身边的空档打招呼。人们很快忘记了乔哥的油菜。乔哥在工地做些异样的事情，大家并不奇怪。就像大家开了工钱买酒醉一场，乔哥却滴酒不沾；就像大家嘴角叼着烟卷围在床铺上斗地主，乔哥拿着本书坐在工棚一角读；就像大家忙起来能三天不洗脸八天不刷牙，乔哥天天洗脸刮胡子早晚刷牙。老奎说，乔哥这是叫花子搽粉——穷讲究。

过了半个月，工棚前边的那棵油菜顶了个花苞。乔哥欢喜，大家也都欢喜。老韩说，四月了，油菜花要开了。没几天，油菜花开放了，金黄的花瓣，娇美的花蕊，香气幽幽。上海正午阳光明媚，油菜花旁有只粉白的蝴蝶翩翩地飞，有只金黄的蜜蜂嗡嗡地叫。

晚上，老韩给大家开会，说这几天要加加班，赶赶工期。有人嘀咕着不想加。老韩吐掉烟卷，用脚狠劲拧拧，说，大了讲上海商务区的开发建设是国家的大事，小了讲咱们周口太康人干活从来不含糊。大家不说话了。老韩布置了任务，大家又开始嘀咕了。老韩说，只要敢干敢拼，没有完不成的工程。说到这里，老韩用手指指乔哥，说，乔哥的油菜花大家不都说活不了吗，现在呢，开花了，我今天还去闻了闻，真香。大家把目光投向乔哥。乔哥挠着头嘿嘿笑。二憨说，是啊，很香，我也闻了。老奎说，我还看见有蝴蝶呢。老方接口，还有蜜蜂。大家说笑着走进了工地。

乔哥是我堂弟，高中毕业南下打工，现在在上海商务区开了家鲜花店，娶了个南方女孩。一家人过年开车回来，乔哥一下车嘿嘿地笑着给村里人敬烟。

鹰风筝

他转身想走，发现堂屋门口横着一个人。肖建吓了一跳，壮着胆子走过去，是位老太太，脸色发青，斜躺着，手捂着胸口……

肖建用粗砂布打磨着木门，木头缝隙里干透的木屑纷纷扬扬飘飞，没一会儿，肖建头发、眉毛上结满了霜花，圆脸颊也像扑了层粉，白嘟嘟的。半条旧毛巾，一头系着根细布条，做成了个口罩，严实地捂住口鼻。

遇见另一个自己

中午，肖建把水盆里的清水洗成浑浊的汤，用湿手抹拉几把脸上的水，甩着湿手到馍筐里拿了个馍，咬一口，走到菜盆前夹了几片萝卜，靠在墙根吃。眼睛盯着对面一栋楼的后墙。他估摸着楼有四层，水泥粉过又用涂料罩了白。半开的窗户里挂着只鹰风筝。

肖建上小学四年级的时候有过一只鹰风筝。为了买鹰风筝，他每星期去养猪场干活，铡猪草、拌饲料、冲洗猪圈、运送猪粪，两个月后，拿到了五元钱。去镇上商店买了鹰风筝，一路上抱着风筝，脚下生了弹簧。回到家，等了一天也没等来风。他端详着鹰风筝，灰色的翅膀，褐色的眼睛，下勾尖锐的嘴。他忍不住俯下身子，轻轻吻了一下鹰头。他心里幻想，自己乘坐在鹰风筝上，翱翔在高远的天空，风在耳边呼呼刮过。风，风怎么还不来？黄昏像渐渐合拢的灰色鹰翅，慢慢覆盖住大地。院里的杨树叶哗啦啦响了，肖建抓起鹰风筝跑进了旷野里。

风很大，无边的麦田像海潮一样滚涌。他举着风筝跑了两步，感觉要被鹰风筝带离地面。他松手，鹰风筝直上云天，速度很快，像一只离弦的箭，越飞越高，越飞越快，消融进深沉的天空，踪影全无。肖建望着空空的两只手，脑袋里一片空白，他忘记了牵紧风筝线。他浑身发软，扑倒在麦地里，麦苗和土地湿漉漉的。

肖建吃完馍，在开水锅里舀了半碗水，咕嘟嘟地喝完了，走出院子，走向那个窗户。几间房子挡住了肖建，他四下看看，没有通向那扇窗户的捷径。开工还有一会儿，他信步走过去。拐进一个僻静的小巷，凭感觉停在一个虚掩的大门前。他不知从哪儿来的勇气，敲了敲门，静悄悄的。肖建心一横，推门进院，用生硬的普通话问，谁在家啊？静悄悄。肖建愣住了。自己怎么唐突地进来了？真是中邪了。他转身想走，发现堂屋门口横着一个人。

肖建吓了一跳，壮着胆子走过去，是位老太太，脸色发青，斜躺着，手捂着胸口。肖建看见屋里的电话，忙进屋打了120，他不知道这条小巷的名字，说了附近的邮电局，然后跑到邮电局旁等救护车。晚上，老太太在医院里醒过来。老太太的女儿拉开包，塞给肖建一沓钱，肖建不要。

她说，小伙子，幸亏你去我家了，谢谢，你去我家有事吗？肖建没办法搪塞，我看见你家窗户里挂着鹰风筝，我喜欢鹰风筝，就——她的眼泪扑嗒嗒落下来，打断了肖建的话。她说，我妈想我哥呢，我哥打小喜欢鹰风筝。哥大学毕业后，在北方开了个公司，这都两年了，也没回来过，过年只是打个电话。妈想念哥，把他小时候玩过的鹰风筝挂在朝北的窗户上。

第二天，工头指着笔记本说，肖建，你昨个下午没上工，扣十五块钱。肖建点点头，调好漆，拿着刷子油漆门窗。吃饭的时候，还是盯着鹰风筝看。

这里的活结束了。发工钱的时候，工头说，小肖，我在其他城市包到活了，你还跟着我干吧，工钱给你涨些。肖建摇摇头。工头急了，小肖，又攀上啥高枝了，嫌弃我这庙小。肖建摇摇头，我想回家看看爹娘，再去工地找你。工头笑了，好，好，有孝心，路费我给你报销。

肖建去超市给爹娘买了很多衣物，还买了只鹰风筝。他想在村北的旷野里再放一次鹰风筝，这次，他一定会牵紧风筝线。

关仑的一天

在一个拐角，女子突然止步，转头看关仑，问，你想吗？关仑吓了一跳……

当暖风从没装玻璃的防盗窗吹来的时候，桌上的一支草花，当当响起寂寞的音乐。关仑感觉阴冷，从衣架上取下长袖衬衫，套在圆领 T 恤上，鼻腔里充满衣物没有充分晾晒的霉味。南方的仲春，雨像调皮的孩子，不愿有半分钟安静，湿漉漉的空气，随便抓一下，就滴滴答答落下水珠。

关仑靠在窗前，望着街头几棵木棉树开出火烧云的颜色，却没有发现一只鸟。他仰头望天，天空被防盗窗割裂成溜溜竖条，雨还在下，有些雨扑到了关仑的脸上，淡白色和暗灰色的云层偶尔还轰隆隆几声。

他看见了一条狗。狗个子很小，黑色，夹着尾巴，蜷缩在路边一辆小货车下面。关仑望着这条狗，这条狗望着雨。天边又轰隆隆几声，雨点大起来，噼噼啪啪，很多窗户上的遮雨铁皮发出急切的声响。不大一会儿，路面开满了虞美人大小的水花。黑狗摆动着头，在车下狭小的空间转了几圈，无奈地蹲下，茫然地望着雨，哀哀地叫两声。

关仑掩了门，从黑漆漆的楼梯上下来，房东的门开着，房东从电视前站起来，吐掉烟卷，说，出去吗？关仑点点头。房东是个矮瘦的老人，他伸过手来，枯瘦的手里有把黑色旧伞。关仑道着谢接过伞，走出门，水色迷蒙。他走向那条狗。到了车前，他弯腰，狗蜷缩得很厉害，有些发抖，关仑心里满是温柔的情感。不远处有个卖包子的店面，嗯，应该买几个包子。用褐色纸袋装着，弥漫出热乎乎的香味，有肉馅，也有红萝卜和白菜馅。拿着包子，放到狗面前，就能打消它的敌意了，它吃饱了肚子，一定不会再夹着尾巴了。狗的尾巴像人的胆子，狗尾巴不是用来夹着的，是用来增添威风的。

　　脚步声传来，关仑直起腰，雨中的街上，行人很少，一个打着把漏雨的旧伞的男人，在一辆小货车前猫着腰，是会惹人多心的。一个身影飘过身边，关仑转头看。是个女子，穿着蓝裙子，白短衫，撑着把粉色伞，款款而过，高跟鞋踩碎了路面上的一朵朵虞美人。关仑下意识地跟着女子走。

　　从新兴大道走到中岳大道，再拐了个弯走上了岐江路，女子撑着伞慢慢走，关仑紧紧跟着。街上很多车疾驰过去，路灯亮了，雨不大不小，很多店面里璀璨的灯光投射出来。在一个拐角，女子突然止步，转头看关仑，问，你想吗？关仑吓了一跳，他跟着女子走了将近一个小时，脑袋里像灌满了雨水，茫茫渺渺的，没有预想女子会停下来，转头看他，更没想到女子会突然问一句没头没脑的话。关仑消瘦的脸瞬间苍白了，粗眉毛紧迫地皱在一起，嘴唇也哆嗦了几下。他转身进了路边一家灯饰店。

　　这是一家卖云石灯的店，梦幻般的光芒融融飘洒，关仑合拢伞，水滴顺着伞尖落在地板上，一滴滴，映射着灯光，变换着不同的色彩。关仑慢慢游走在一盏盏灯间，心渐渐清亮了。他忽然想起那条货车下面的狗，忙从店的另一扇门走出去。雨还在下，他撑开伞，疾步

遇见另一个自己

走回去。

到了那栋熟悉的楼，小货车还在，关仑发现狗不见了。他没有去吃饭，把雨伞还给房东，拖着沉重的腿走上楼，开门，拧亮灯。手机响了。

仑，下班了吗？

今天休息。

工作顺利吗？

还行。

休息天干什么了？

没干什么，站在窗前看雨。

吃饭了吗？

吃了，吃了六个肉包子。

……

通完话，关仑抹了把眼泪，想，明天该去哪个公司面试呢？

忽然，关仑听见门响，打开门，看见那条黑色的狗卧在门口，看见关仑，狗低低地叫了几声，摇摇尾巴，从门缝里钻进来。关仑抓起钱包，下楼去包子铺买了一屉十二个包子。回到租住屋，关仑与黑狗对面而坐，分食着包子。

当关仑吃到第六个包子时，黑狗也吃到第六个，袋子空了，黑狗有了精神，在屋子里走来走去，这里嗅嗅，那里看看。关仑的手机突然响了，黑狗吓了一跳，仰头看关仑接电话，你好，我是六月传媒集团行政部，请你星期一上午来公司报道……

唤醒春天

刘军望着美丽温柔的小芳，忽然想，要不要提前回去把凌乱的小屋收拾整洁，甚至想，要不要买束玫瑰花放在阳台上呢？

刘军掏出手机拨通房东的电话。春天的阳光很软，绵绵地落满阳台。两个小身影在防盗窗格子里穿梭，不时发一串清脆的鸣叫。房东接电话问，有事？刘军原本想说，房子到月底我就不租了，提前通知你。他抬头看着两只燕子围着新搭的窝，欢乐地歌唱，改口说，没事，我想告诉你一声，防盗窗不用装遮尘玻璃了。房东因为省了一笔装玻璃的钱，答应的声音非常悦耳。

不知道什么时候，燕子在阳台的屋檐下搭了个窝，泥土还很新鲜呢。刘军决定不辞职了，他怕他走后，万一遇到下一个房客不喜欢鸟，看见燕子窝，会捅掉，甚至伤害燕子。毕竟不是每个人都能忍受燕子在阳台地板上或晾晒的衣物上，制造粉白色的鸟粪。

刘军个子不高，又瘦，使两只大眼睛显得更大，面色因为不多见阳光和经常熬夜显得苍白。他在一家温泉洗浴会馆上班，两班倒，一班十二小时，早八点晚八点，晚八点早八点，半月一倒班。近来洗浴会馆有些员工走掉了，刘军所在的部门是前厅部，也走了几个人，刘军就多分担了工作，每个班都累得晕晕腾腾，下班脱掉皮鞋，袜子大多会磨出个洞，露出地姜芽般粉白的大拇指头。工资还是老样子，刘军准备到月底辞职，他联系了另一个城市的一家温泉洗浴会所，工资多出三分之一。每月多出了三分之一，好几百块钱，一年下来就顶村里父亲辛苦种地的收入了。因为这对美丽的燕子，刘军改变了主意。

每天下班，刘军拖着灌铅般的腿回来，顾不上休息，走到阳台看燕子。黑色的小精灵，伸展着翅膀，啾啾地鸣叫，剪刀样的尾巴从不同的角度裁剪着春风。有时候燕子会站在窝沿，挨挤着，两个小脑袋并在一起，瞪着乌黑发亮的眼睛看刘军。有时候燕子围着阳台旋着飞，甚至低飞到刘军的眼前，燕子脖颈下的淡白色的毛像个小项圈。每当望着这对恋爱中的燕子，刘军心里很快乐，忘掉了上班时候的疲累和一些工作中的委屈。

这天早上，刘军看燕子。发现只有一只燕子忙忙碌碌，另一只不见了。他心里一凉，担心起来。直到发现窝里有个小小的脑袋，才忍不住笑了，呵呵，燕子要有自己的孩子了。与燕子比邻而居，刘军内心充满了喜悦，工作起来浑身是劲。会馆招进来一批新员工，刘军升职成为会馆最年轻的部长，负责前厅部的工作，工资翻了一倍。

刘军坐在电脑前查阅和学习温泉会馆的管理知识，听见阳台上传来啁啾声，声音又尖又细。刘军忙跑去阳台，哦，这尖细的叫声是从燕子窝里传来的。两只燕子更加忙碌，叼着虫来来回回地穿梭，喂食着新出生的孩子，它们内心一定是又甜蜜又满足。想到这里，刘军内心也是又满足又甜蜜。十几天后，小燕子敢站在窝沿，啾啾地叫了，它们的父亲和母亲上下翻飞着，快乐地欢唱，像在鼓励小燕子们展开翅膀，早日飞翔在温暖灿烂的阳光里，在高远的蓝天上飞出明媚和骄傲。

这天下班，收银员小芳听说刘军租住房的阳台上有个燕子窝时，高兴地说要去看。刘军答应了，并说，还有才出生的两只小燕子呢。

小芳更加高兴，她说，我最喜欢燕子了，小时候我望着燕子在天空灵巧地飞，心里很羡慕，也想变成一只美丽的燕子，自由地飞在蓝天上，自在地飞在花香里，飞在阳光中。刘军愣住了，小芳小时候的想法和他小时候的想法一模一样，刘军还做过梦，梦见变成了一只燕子，快乐地飞着，用翅尖划动清风，欢快地鸣唱，把身影融进美丽的白云里。

刘军望着美丽温柔的小芳，忽然想，要不要提前回去把凌乱的小屋收拾整洁，甚至想，要不要买束玫瑰花放在阳台上呢？

害怕睡觉

路南忽然迷糊起来，是家乡抛弃了他，还是他抛弃了家乡……

路南害怕睡觉，每到夜幕降临，他像一只迷路的蚂蚁，迷失在雨云笼罩下的小镇。小镇的街巷路南并不熟悉，所以他顺着公司到宿舍的路，徘徊。

假如你在春天的夜晚，碰巧来到这个以各类灯饰享誉国内外的小镇，在新兴中路你会发现一个瘦高个子，背有些驼，看上去四十五岁（其实他的实际年龄是三十五岁）的男人，在街上慢慢走着，路灯把他的身影撕拉得很长很长。他一遍遍往返，身影也一会儿向东拉长，一会儿向西拉长，累得灯光直喘粗气。他其实没什么事情必须如此排解，他只是害怕睡觉而已。

夜深了，厚得像家乡那潭凝重的池水。他肚子太饿了，停下脚步走进宿舍不远的一家汤粉店，要了一碗八块钱的猪杂汤。他坐在角落的桌子上，说，不用急慌。因为店里没有吃饭的人，几分钟后矮个女人就送来了猪杂汤。怎么这样快，路南嘀咕说，他用的是豫东方言，矮个女人奇怪地看他两眼，操着生硬的普通话答，调味，那里。说着指指桌子角落几个装着不同颜色液体的小玻璃瓶子。路南笑着点点头，然后又摇摇头，低头喝汤。

虽然路南想放慢喝汤的速度，还是没能慢下来，胃好像有了吸力，呼噜噜把猪杂汤吸进了肚里。路南望望空荡荡的店，矮个女人正懒洋洋地边看电视边打哈欠，他不得不付钱离开。

街上冷冷清清的，空气湿得用手一抓就能滴下水来，看样子似乎要下雨，路南走回宿舍。他住的是单人宿舍，每月要交四百元钱。掏出钥匙打开门，冷清的气息跳着脚扑过来，紧紧抱住他。路南拿起一本书，翻看几页，不敢再看，因为有困意袭来，这可了不得，路南像被烟头烫着爪子的猫，光着脚在大理石地板上跑了几圈。这还不算，又冲进洗手间，用凉水冲了个澡，坐在床上，不看书，不玩手机，什么也不干，直愣愣地看空荡荡的房间，看墙上无数的斑点。这些斑点有以前的房客留下的，有虫子遗留的痕迹，有岁月沉淀的烙印，看着看着，这许多各种形状的斑点慢慢变形，慢慢变大，像被水洇透的毛边纸，蒙眬着模糊着。路南再次跳起来，这是要瞌睡吗，不行，不能这么着轻易睡觉。睡着后，整个人像失去了知觉一般，丝毫也不能掌控自己的行为，毫无半点抵御或自卫能力。其实睡觉恐惧什么呢？路南有时候也这样问自己，在豫东家乡时怎么就没这种感觉呢？离家一千多公里，怎么就发生这么大的变化呢？

路南越想越沮丧，不光是为什么来到异乡害怕睡觉的问题，而是害怕睡觉还要睡觉的问题，如同夏蝉明明知道到了秋天就要老去，还要在绿荫里歇斯底里地吼叫，让夏秋不得宁静。

　　路南在茫茫无边的雾霾里寻找着一点星火，在他困到实在睁不开眼睛的时候，终于找到了。他拿起一张地图，把家乡的坐标用红笔标出来，覆盖在胸口，然后躺下，闭上眼睛。胸口的地图沉重起来，像一块带着棱角的石头，胸口疼痛了。疼痛随着血液流遍全身。家乡，回不去了，当婉儿坐进那辆豪车给路南一个冷冷背影时，路南就知道，生育自己的家乡，埋葬了父母的家乡，已经放逐了他，抛弃了他。他不敢睡觉，害怕睡觉，怕梦中见到家乡，见到婉儿。绵绵疼痛里，路南感觉异常清醒，毫无睡意。其实，他自己不知道，他的鼾声已经响起。

　　路南望着家乡和婉儿，渐渐离他而去，像他站在村口的池塘边打水漂，一个旋儿，又一个旋儿，水花潋滟着渐去渐远，最后消失……路南忽然迷糊起来，是家乡抛弃了他，还是他抛弃了家乡……

海的选择

　　海迷迷糊糊地望着眼前歪歪斜斜的一切，想不明白人们歪斜着怎么还能站稳。女人趔趄了几步，碰倒了海，海才知道原来是自己歪着，眼前的一切才歪着。

　　海把目光落到脚尖上，皮鞋半个钟头前擦过，很亮。鞋油是分几次挤到新皮鞋上的，用破牙刷认真地刷匀，然后，用块软布用力地擦，皮鞋像刚洗完澡的小猪崽，散发出鲜活的光芒。海低头看鞋，不是欣赏皮鞋的光洁，而是他三十八号的脚放进这双三十七号的鞋子里，脚趾头疼，疼得难受，像心里飞满蝴蝶。

女人冷冷地说："八万，送来马上就结婚。"说完，女人站起来走出屋。女人很美。海进屋的时候，感觉屋里出奇的暗，而女人却出奇的亮，好像照射进屋里的阳光都被女子吸附到身上了。

回到家，海把早上托人买回来的皮鞋脱掉，扔进垃圾堆，十根红肿的脚趾头一起欢呼。海换上布鞋，用条被子裹几件衣裳，走了。

走进工地，邻村的包工头黄泥鳅看见海回来，高兴得眼睛放光，说："你小子可回来了，你还带班，赶赶工期，那个王楞子把人都带成'油条'了。一个月了，工程没啥进展，我头都大了。"中午，黄泥鳅领海下馆子喝酒。海说："我带也中，你给我涨工钱。"黄泥鳅一愣，随即哈哈笑："小子，竟然连你也会计较钱了，看来，这社会要大进步了。哈哈，放心，不会亏待你。"

第二天，黄泥鳅回家，说是娶老婆。王楞子被撸了"官"肚里不痛快，阴阳怪气地说："黄泥鳅这可是第三个老婆了，可咱海哥还光棍一根，不知道送给海哥一个。"海停下手里的活，狠狠地剜他一眼。王楞子缩缩脖子，推着灰浆车撒腿跑了。众人哈哈笑。

黄泥鳅回来，果然带了一位婀娜俊俏的女人。海望了一眼女人，浑身的血液混凝土般凝固。

晚上，黄泥鳅给大伙儿加了个红烧肉。海用馒头夹了菜，拿了一瓶酒去一个角落，独自喝。黄泥鳅找到他，说："你是我的心腹爱将，走，让你嫂子给你敬杯酒。"

进了黄泥鳅的铁皮简易屋，海把目光落到脚尖上，破布鞋上满是泥浆。海看到一杯酒到了面前，抓起一饮而尽，又来一杯，再饮，再来，再饮。海的眼睛迷离了。眼前的一切莫名其妙地舞动起来。

众人起哄，让女人表演个节目。女人面无表情。黄泥鳅喷着酒气说："大伙儿高兴，老婆，听说你会跳舞，来个呗！"女人说："酒已经敬了，不要过分。"黄泥鳅歪歪扭扭站起来，骂："臭娘们，八万块钱老子可是没打个结巴，咋，给脸不要脸？"人们静下来。女人冷哼了一声，站着不动。王楞子说："从来就没人敢给黄大哥叫板。"黄泥鳅骂："臭娘们！"啪！一记耳光打在了女人脸上。

海迷迷糊糊地望着眼前歪歪斜斜的一切，想不明白人们歪斜着怎么还能站稳。女人趔趄了几步，碰倒了海，海才知道原来是自己歪着，眼前的一切才歪着。海坐直，望着女人的脸，女人脸上的掌印凸起来像朵红艳艳的鸡冠花。女人的眼泪涌出来，扑簌簌地落下，滴湿了海的脸。

黄泥鳅一把拉起女人，骂骂咧咧地又扬起巴掌。海突然跳起来，抢起椅子，砸向黄泥鳅，嘴里大吼："混蛋，没看见她流泪了！"黄泥鳅一声惨叫，海瘫软在地上呕吐起来。人们乱哄哄地送黄泥鳅去医院。

第二天，吊着胳膊的黄泥鳅说："海，你小子下手真重。看在你跟了我七八年的情份上，我不报警了。以后你好好干。不过，医药费要从你工钱里扣。"

女人好几次找借口接近海，海躲开了。

工程结束。海不辞而别，谁也不知道他去了哪里。

第二辑　乡村风情

　　一幅豫东村落风情故事图，展示出一个个鲜活的乡村人物，展示出一个个生动的乡村故事。从留守老人、留守儿童、留守女人为视角，表达出乡村的疼痛；从淳朴善良的乡村人物身上折射人性的美好和丑陋……

车　祸

　　他心里就堵上了。脑袋里全是事情，乌七八糟的，脚下狠踩了油门。到十字路口转弯的时候，刹不住车了，一把方向盘，车进了沟。

　　于杰心里不爽快，像堵了团棉絮。这种感觉很糟糕，棉絮不硬也不尖利，就那么堵着心口。于杰狠吸了一口烟，把烟蒂吐到窗外，右脚加了把力，农用车像吃饱了草料的骡子，尥着蹶子狂奔。

　　事情要从这辆小型农用车说起，一年前，于杰花了6万多买了这辆车。农村这种车最实用，驾驶室里两排座位，后面的车斗也不小。走亲戚赶集，一家人坐在车里，风刮不着雨淋不着，需要拉化肥拉麦子，车斗能派上用场。

于杰的女儿在县城上初中，上的是家封闭式学校，吃住在校内，十天放假两天，平时出校门，门岗会严格查问，还要班主任批条。一年两学期需交 4500 元，饭钱和生活杂费，一年又需 4000 多元，但于杰不心疼这钱，一是手头不缺钱，二是这样放心些。十几岁的孩子，爸妈又不能跟着，只能希望学校管理严格些。村里和于杰一样想法的人很多，和于杰女儿同校上学的有八九个。

学校放假，孩子一个电话，家长就开摩托或电动车去学校接，有事分不开身，就让学生坐车到镇上，家长再到镇上车站接。上学的时候，也是如此送。于杰心疼女儿，总是接送到学校，买这辆农用车，也有一部分原因是方便接送女儿。再说，儿子马上也要上初中了，于杰打算也把儿子送去那家封闭学校，这样一来，农用车的功用又拉扯到未来了。

于杰有了农用车后，于钢递根烟说，于杰，我儿子的接送交给你了。芳嫂子说，兄弟，俺妮你也要帮忙接送，等你哥打工回来请你喝酒。老安叔说，于杰，我大孙子的接送麻烦你了，他爸妈打工不在家，我年纪大了，孩子的接送总让我发愁，你有挡风遮雨的车，这下子好了。于杰满口答应，都是一个村的，反正自己要接送女儿，帮大家接送孩子是顺便顺手的事情，还发挥了车的最大功用。随着时间的推移，于杰感觉心里不是味儿了。

离城 40 多里地，10 天 4 趟，汽油的损耗和浪费的时间是必须的。车里空间小，10 来个半大孩子挤塞得满满的，本来副驾驶的座位是女儿的，可是有些孩子不懂事，有时候坐在副驾驶座上不动，女儿只好挤到后排座。开始学生的家人都很感激于杰，言语间经常表露，后来就不再提了，好像于杰就应该如此，甚至于杰因为什么事情没有早些把车开到他们家门口，还要受到埋怨。再说，带着这些孩子可是责任重大啊。越想越不是味，就想到了收钱。每个人接送一次10元钱。于杰这样一提，大家都爽快地答应了，都说是应该的，到镇上坐车一个人还要8块呢，来回16元，还不到家门口。

这天，于杰的老婆去芳嫂子院里摘槐花，芳嫂子说，哎呀，这槐花我要拿去镇上卖钱的，一斤12元呢。于杰的老婆红着眼圈回来了。于杰到于钢家借电机抗旱，于钢吭吭哧哧地没有了痛快话，说是有点小毛病，需要修理一下。有次干活回来，于杰把农具放老安叔的板车上，老安叔半开玩笑半认真地说，于杰，到家你要拿车费的，什么都不能白用不是？于杰明白了近来和一些村邻关系的别扭就出在车上。

村里的学生不让于杰接送了，都坐老马带篷子的三轮车。老马是西村的，近来干起了载客的生意，每天往返县城，单趟车费10元。于杰有些生气，不是生气老马，是生气村人，来回20元你们舍得，我这来回10元你们都搁心里了。

今天于杰送女儿回来，碰见老马进城，后车篷里坐着一帮村里的孩子，他心里就堵上了。脑袋里全是事情，乌七八乱的，脚下狠踩了油门。

到十字路口转弯的时候，刹不住车了，一把方向盘，车进了沟。于杰出了车祸，左腿骨折了，打着厚厚的石膏。地里的小麦快要收了，于杰的老婆愁得直掉泪。很多村人来看望于杰，因为孩子接送有了些别扭的人家也来了，而且还拎着礼物。于钢说，于杰，好好养伤，地里收麦的活有我呢。老安叔说，是啊，好好养伤，收麦种豆的大家搭把手就应付了。芳嫂子说，兄弟，谁家不遇点事情，很快就过去了，我给你逮了几只乌鸡，让弟妹给你炖汤喝。

大家没有食言，于杰地里收麦种玉米的活果然都帮忙干了。等玉米苗绿油油的时候，于杰的伤好了。他去了修理厂，修理工说，机器没事，是修还是卖？于杰望着车头铁皮凹陷进去的农用车，拿不定主意了。

录音机

庆丰老汉回到家，没进门就喊，山山，录音机买回来了。一个白净清瘦的小男孩迎出来，满脸喜色，但很快就不高兴了，说，爷，你空着手呢，骗人。

庆丰老汉的孙子山山想要一台录音机。庆丰老汉去县城寻摸了一大圈，也没有找到他记忆里的那种录音机。那种单卡或双卡的台式录音机哪里去了呢？庆丰老汉站在阳夏县街头发了一会儿愣。

他曾经买过一台单卡录音机，那年田里的棉花大丰收，价格又高，庆丰老汉卖完棉花，揣着棉花款去了县城的百货商店，买了一台录音机。白天给老娘放豫剧《花木兰》放太康道情《王金豆借粮》，晚上给老婆秀芬放流行歌曲。日子像田间地头的花朵，像花朵上嗡嗡叫的蜜蜂，像蜜蜂酿出了的甜蜜。后来，电视机进入了庆丰老汉的家，录音机慢慢地谢幕了。

庆丰老汉走进路边的阴凉，买了瓶矿泉水，决定再找找，一定要满足山山的要求。庆丰老汉上小学二年级的孙子山山，期末考了全校第二名。问他想要什么东西，山山忽闪几下大眼睛，说，爷，你给我买台录音机吧。庆丰老汉二话没说就答应了。一进了城，才发现并不好办，进了好几家卖电器的超市和商场，琳琅满目的电器差点晃花庆丰老汉的眼。各样的空调、风扇、冰箱、彩电、洗衣机、热水器等电器应有尽有，但唯独不见录音机。

他喝完矿泉水，走进一家名叫通达家电总汇的商场，一个穿蓝色制服的女孩迎上来礼貌地问，大爷，您好，请问您需要点什么？商场里凉风习习，空气清新，庆丰老汉惬意地呼吸着，说，俺想买台单卡，不，双卡录音机。女孩愣了下，微笑着说，大爷，现在科技发展多快啊，您说的那种录音机早被淘汰了，现在的智能手机、复读机、导读机、MP4等，都有录音和播放功能，二楼的小家电总汇，就有您需要的东西。庆丰老汉去了二楼，又被各种各样的小家电弄得眼花缭乱，幸好有女孩的帮助，他买了台导读机，学了好几遍，才学会如何操作最简单的录音和播放。

庆丰老汉回到家，没进门就喊，山山，录音机买回来了。一个白净清瘦的小男孩迎出来，满脸喜色，但很快就不高兴了，说，爷，你空着手呢，骗人。庆丰老汉哈哈大笑，说，看俺手里没有是吧，在这里呢。说着从口袋里掏出个精美的方盒子，打开，拿出台巴掌大的导读机。山山惊奇地问，这是录音机？庆丰老汉点点头，这就是录音机。

庆丰老汉摁下录音键，说，山山，你说话。

爷，我说啥话？

随便说。

爷，我背首唐诗：日照香炉生紫烟，遥看瀑布挂前川。飞流直下三千尺，疑是银河落九天。

庆丰老汉摁下播放键，刚才两个人的对话重播了出来，山山高兴得跳了起来。山山很聪明，一遍就学会了如何操作录音和播放。

望着孙子高兴的样子，庆丰老汉的心情也格外舒畅。晚饭时就多炒了两个菜，喝了几杯老酒，越发畅快了。他想起儿子儿媳好久没来电话了，就拨通了儿子的电话。

电话通了，山山像往常一样凑过来，但他从不接电话。任凭庆丰老汉如何劝哄，也没能奏效；任凭电话那头儿子儿媳如何央求，山山也不就范。庆丰老汉想，这也不能怪孩子，山山很小的时候，儿子儿媳就去深圳打工了，每年春节才回来一次。孩子和他们生分，也很正常。

晚上，庆丰老汉起来去山山住的小屋，查看蚊香燃完了没有，忽然听见儿子和儿媳的声音，还夹杂了孙子的笑声。难道儿子和儿媳回来了？他快走几步，到了门口，声音消失了。他站住，发起愣怔。突然，儿子和儿媳的声音又响起来。庆丰老汉明白了，明白山山为什么要录音机了。庆丰老汉听着孙子山山一遍遍地重放着儿子儿媳的声音，泪流满面……

一棵玉米

一阵风刮来，火浪汹涌，人群纷纷后退。新亮没动，他用瓢舀着桶里的水浇在一棵玉米苗上。火过去了，新亮的脸被熏成黑色，头发也被烧焦几块。新亮的爷跑过去一把抱住他，说，你傻了吗？

干燥的风里，知了的叫声没有半点水分，接着，知了开始从树上散飞，越飞越多，如同溃败的军队。失火了！麦茬起火了！一个人喊，很多人喊，村里人跑出来，拿着铁锹，拎着水桶，扛着大扫帚，

遇见另一个自己

望着满地的火，望着满天的烟，跺着脚，叹息着，焦急着，无奈着。

村主任老黄跑丢了左脚的布鞋，喊，都愣着干嘛，快救火啊。黑魁咬着没点燃的烟，说，这是大田地，怎么救？有女人抹起眼泪说，可惜俺家四亩玉米啊。很多人附和着，难过着。刚长出地面的玉米苗，绿得惹人爱怜，在火中发黄，枯萎，燃烧成灰烬。老黄也无奈地叹气，大田地的麦茬起火，天干物燥，借着风势，很难扑灭，幸好这块田的四周是新挖的沟，火过不去，殃及不到其他田块。这块田有四十多亩，种的全是玉米。黑魁说，都回家吧，等凉快了去镇上买豆种，明天种豆子。老黄说，还是看着点吧，火万一过沟就麻烦了，我已经报警了，让警察查查起火原因。黑魁叹口气说，不定谁路过丢个烟头的事，唉。

新亮，快回来！一声充满悲愤焦急的哀唤。两个人影扑向田里。人们看清了，前面跑着的那个小身影是新亮，后面跌跌撞撞的身影是新亮的爷。新亮手里提着个水桶，冲进他家的三亩玉米田里，把水浇进火里。火龙停顿了一下，又猛地蹿过来。新亮跑回来，去最近的黑魁家倒了桶水，不顾爷阻拦，冲进火里。人们望着十来岁的孩子在火里跳动的身影，都愣住了。老黄喊，大家别愣着了，看看，一个孩子也知道奋力拼一拼，救火去。人们冲向大火。谁心里都知道这火救不下来，但都奋力扑救。

一阵风刮来，火浪汹涌，人群纷纷后退。新亮没动，他用瓢舀着桶里的水浇在一棵玉米苗上。火过去了，新亮的脸被熏成黑色，头发也被烧焦几块。新亮的爷跑过去一把抱住他，说，你傻了吗？幸好是麦茬火，要不会被烧死的。新亮笑了，说，爷，看，我救下来一棵玉米。

人们围过来看。一棵绿油油的玉米在过火后的田地里格外醒目，这点绿色像火苗，烧得人们心头发酸。老黄说，孩子，有志气。黑魁说，老安爷，买回来豆种我帮你家播种。新亮的爷说，谢谢黑魁啊。又叹口气说，一棵玉米，长在豆田里，以后打除草剂什么的都碍事啊，再说，几十亩地就这一棵玉米，也授不好粉啊。新亮哭了，说，爷，留着吧，这可是俺爸种的玉米啊。新亮的爷老泪纵横，说，好，留着，一定留着。人们望着这棵玉米苗眼圈红了，很多人偷偷抹泪。

新亮一岁多的时候，父母就去了外地打工，每年春节能回来一次就不错了，有时候连着几年都不回来。这并没什么奇怪的，村里像这样的不是新亮一家。新亮的奶去世后，爷的身体一天不如一天了，六月份收麦还要种秋，新亮的父亲就请了两天假回来，种完玉米的下午就走了。

快到中秋节了，空气里飘着农作物成熟的香气。一大块饱满的豆田里，孤单单长着一棵苗壮的玉米。村人们给在外打工的家人打电话时，都没忘记说夏天的这场火，还有从火里救下来的一棵玉米。这棵玉米结了两个棒子，而且授粉很好，颗粒饱满。

杀　鸡

他右手握着刀柄，麻利地拔去公鸡脖子上的毛。然后，用刀刃在鸡脖子上一推，一扬手，抛出去很远，公鸡就开始跳跃。六哥家杀鸡从不要鸡血。

六哥家的捕鸡方式这么多年还是没改变。

六哥的儿子姜宝抓一把麦麸混着玉米糁的饲料，走到院子里，抡圆胳膊，嘴里发一声口哨。一只红公鸡率领着鸡群狂奔进院。

姜宝从院西头的棚子里扛出根一丈长的竹竿，竿梢绑着根铁条弯成的圆环，圆环密密地穿缀着一个蓝呢绒网兜。这俨然就是捕鱼的捞网。地上的美食渐渐少了，鸡们更是疯狂地争抢。姜宝一网兜罩下去，不偏不倚地罩住那只大红公鸡。鸡群醒悟般的张惶散去。

姜宝矮矮壮壮，汗衫短裤，短发，满脸油光，嘿嘿地笑。他冲我扬扬手，那只红公鸡不安地挣扎着。

姜宝拎着鸡提着刀走出院。

他左手抓住鸡的双翅，右手捏住它的喙，向上一扭，把喙塞到左手的食指和拇指间，捏紧。公鸡的脖子很好的露出来。他右手握着刀柄，还能麻利地拔去公鸡脖子上的毛。然后，用刀刃在鸡脖子上一推，一扬手，抛出去很远，公鸡就开始跳跃。六哥家杀鸡从不要鸡血。

六哥说："家养的红公鸡喜庆，还好吃。"

我说："谢谢，麻烦了。"

六哥说："咱农村没啥稀罕东西。不过，这红公鸡不多了。"

我点点头。

姜宝跑到红公鸡近前查看，不防它又跳将起来，溅了一身血。六哥呵呵地笑，说："这样杀鸡，血流得净，肉最好吃了。"我没接他的话，却恍然忆起多年前的一幕。

大学放暑假，我去六哥家玩。六哥用捕网逮了他家唯一的那只大红公鸡。准备杀鸡的时候，四年级的姜宝放学了。他几步冲到六哥面前，说："爹，换个鸡杀好不好？杀那只白的吧。"

六哥没理他，用刀在鸡脖子上一推，一扬手，抛到好远的地方。姜宝哇哇大哭："红公鸡救过我，要不，姜刚家的黑狗就咬着我了。"

我尴尬极了。六哥训斥了他几声，他不言语了。鸡炖好，喊姜宝，他在另一间小屋里回答："我不吃，我永远不会伤害红公鸡的。"那顿饭，我吃不出半点滋味，屁股下似乎被人放了几把荆棘。

今天姜宝亲自为我熟练地捕杀了一只红公鸡。

满屋弥漫着鸡肉的香味，姜宝频频地向我敬酒。我很想提起多年前的那次杀鸡的事，但我忍住了。

姜宝说："叔，恁孙全靠你了。"

我说："刚上初中一年级，好好努力，不会比不过那些城里孩子。"

姜宝说："叔，恁孙从小在农村上学，基础不好。怕他进不去。"

我说："放心。我回去找找朋友，一定进重点班。"

六哥和姜宝激动地举起杯，两双眼睛里放射出希望的光芒。

桌子正中，被很多小菜众星拱月般环绕的那盆红公鸡肉，散发着阵阵诱人的香气，我鬼使神差地脱口说："没想到，这只红公鸡竟然是姜宝亲手捕杀的。"

姜宝一愣。旋即满脸堆笑："孝敬叔，应该的。"

他早忘记了那年杀鸡的事，那年他是个胖胖憨憨的十岁小男孩。

六　柱

孩子救出来了，六柱的礼帽烧得没了边。破棉袄也烧烂了，有几处还冒着烟。他整日挂在腰间的鹌鹑袋烧没了。

六柱的那顶礼帽像长在了他脑袋上，一年四季不见摘掉，我们以为他连睡觉也要戴着它呢。打了赌偷偷去看，发现他睡觉是要摘下来抱在怀里的，为这，小胖还输给了大梁三斤椹子。

种完麦，天就寒了脸。六柱戴着那顶快分辨不出颜色的礼帽，穿一件蓝布棉袄，大裤衩用布条拴着，趿拉着破布鞋，在村街溜达。他左手把着只鹌鹑，右手缩进袖筒，寻个阳光充足的地方，一乞噜就蹲歪在墙角或者树根或者破砖烂瓦什么能依靠的地方。他的神情很傲爽，仿佛是一位拥有无数珍宝的富翁，对劳碌着的芸芸众生有着无比的怜悯。

六柱不抽烟，爱喝酒，但不管醉或者不醉，都很安静。你只有从他的步履乱不乱与脸色紫不紫看出他是不是喝高了。农忙时，他爱给四邻八舍帮忙，也就盼着喝口酒。六柱的老寡娘也会隔不几天从代销点里给他买两瓶没外包装的光肚子鹿广大曲。

六柱早先有个女人，是从外边买来的，后来，六柱和女人一起赶集时又把女人弄丢了。女人来如一阵风，去如一阵风，什么也没留下。哦，留下顶礼帽。那顶礼帽是六柱和女人赶集时买的。

那年冬天，迟迟不下雪。六柱在大裤衩里加了条脱线的毛裤。他哈着白气，在略显寂静的村街上游荡。脸色发紫，步履凌乱。他看见一个男人从一个小院门里出来，脸膛红扑扑的，头上似乎还冒着白烟。他望着男人的背影迷糊了一下，因为男人不是这家的男人。他迷糊着走进院里，走进半开的堂屋里，一个女人正光着腚提裤子，白花花的两片肉让六柱更迷糊了。女人转过来，吓得不由尖叫了一声。

他忽然感觉到什么危险了，惊惶惶地窜出小院，窜进辽阔的田野。他像一只被追杀的兔子。他好像看见很多片白花花的肉凶神恶煞地追过来。他蜷缩在一条小沟里，脸膛红扑扑的，头上似乎也冒着白烟。

不知道是天先黑了还是地先黑了的时候，他已经恢复了昔日的神情。他爬出沟，四下望。一时分辨不出方向。他望定一处灿烂的地方，走了过去。

他急惶惶地走到那个地方，感觉有些奇怪。一处院落火光冲天，好多人来回跑动，一片嘈杂。他愣愣地站着。有个老头经过他身旁，指着火光骂他，混球，还不去救火。他赶紧跑到火场边，一阵热浪扑面冲来。

忽然从火里传出一个孩子的哭声。

有个男人喊，谁跟我进去救小孩？

没人应声。轰隆一下，偏房在火里塌了。

人群向后一退。

男人和六柱站着没动。男人满眼热泪紧紧握住六柱的手，拉着他冲进火海。六柱好久没被人握过手了，一股奇异的温暖让他激动万分。

孩子救出来了。六柱的礼帽烧得没了边。破棉袄也烧烂了，有几处还冒着烟。他整日挂在腰间的鹌鹑袋烧没了。

人群呼啦一下围拢来。六柱忽然害怕了，转身就跑……

第二天中午，他戴着没边的礼帽，穿着烂了几个洞的棉袄，又在村街溜达。他似乎忘记了昨天发生过什么。只是他没有了鹌鹑，脸上有几块烧伤……

第一朵雪花飘下来的那个夜里，不知谁把村头的大麦秸垛点着了，离村近，大伙都慌慌地来救火。六柱也来了，喷着酒气，踉踉跄跄的，冲过来大喊，谁跟我进去救孩子？没人理他。他摁摁礼帽，一头扑进了大火里……

清 明

男人哭得声嘶力竭，浑身颤动。可能喉咙哭哑了，听不出喊的是爹叔伯爷还是娘姨姑舅。哭了多时，开始焚化钱物，咿咿呀呀，涕泪交加，嘟嘟囔囔，哀哀凄凄。

清明节这天，一个男人走进大郭村。

村人都不认识男人。男人放下手里的花圈，掏出烟敬了一圈，问："老乡好，这是大郭村吗？"村人接过烟点头说："是。是。"男人问："请问老乡，郭长奎老人的坟在南地的哪个地方？"村人纷纷说："前边的路朝南直走，看见一片小杨树林朝右拐，就是了。"男人连声道谢，擎着花圈大步走去。

旷阔的田野里，不时响起噼哩啪啦的鞭炮声，这里那里也不时地升腾起股股青烟，有些未焚化干净的纸钱被风吹起，像群黑蝴蝶，飞着破碎着慢慢消失。

男人把花圈摆在一座坟前，从帆布包里掏出一个黑色的折叠三角架，在坟旁选了个角度支好。又拿出一架数码摄像机，安装在三角架上，认真地调试着，录下了那片杨树林。他满意地点点头，关了相机，吹着口哨，从帆布包里掏出要焚化的东西：有黄表纸叠的元宝、金砖、摇钱树，有仿真人民币、银行卡、股票、债券，有硬纸仿制的苹果手机、笔记本电脑、电动车、电视机、全自动洗衣机、变频空调、电冰箱，还有仿真的茅台、大中华香烟等，满满地摆了一地。

男人在坟前的麦地里开始活动筋骨，仿佛在做运动前的热身。他看了下手表，摁下数码摄像机的录像键，用打火机点燃一挂鞭炮，在噼哩啪啦的伴奏下，男人扑通跪倒在坟前，放声大哭。悲悲切切，哀哀怨怨，肝肠寸断，凄凄惨惨，好哭！直叫风悲云愁，鸟雀泪下。

男人哭得声嘶力竭，浑身颤动。可能喉咙哭哑了，听不出喊的是爹叔伯爷还是娘姨姑舅。哭了多时，开始焚化钱物，咿咿呀呀，涕泪交加，嘟嘟囔囔，哀哀凄凄。

焚化完毕，男人又跪在坟前拍地大哭了一场，方起身，走到三角架前，关了数码摄像机，抬腕看了下手表，脸上露出满意的笑容。他把摄像机收好，三角架折叠好，放进帆布包里。又掏出一面小镜子，用餐巾纸仔仔细细地擦干净了脸，神情愉悦地打着电话走过村街，走到村头，坐上一辆白色的面包车，绝尘而去。

有从南地回来的村人说："我经过孤寡老杨头的坟前，吃了一惊，他坟前摆放着一个大花圈，还有好大一堆纸灰。"

郭长奎在省城的儿子和女儿走进一家"清明祭"代办公司。

儿子看完录像，频频点头，满意地笑了。女儿看完录像，频频点头，满意地说："太敬业了，三千块钱，太值了。"

关老舅

车门打开，一个五十多岁穿白汗衫黑裤子的高个子男人站在村街上，脚上的皮鞋亮得照人影。村人觉得那人很熟悉，那人嘿嘿地笑，村人的眼珠子噼里啪啦掉了一地，他竟然是关老舅。

都说六叔娶六婶子娶得值，不但女人好，还带来一个除草机。六叔家的田地不用喷施除草剂，干净得像和尚头，一根杂草不见。

除草机是形容关老舅呢。关老舅勤快，吃完饭不用吩咐，扛着农具就下田了，关老舅不姓关。他和六婶子的嫁妆一车拉到了江村。六婶子姓刘，那他也应该姓刘。可是，村里的男女老幼都喊他老舅。六叔说："俺家的老舅，快成'关（公用的意思）'的了。"于是，关老舅就喊开了喊响了。

关老舅干活不会耍刁滑，而且不吸烟喝酒。冬闲了，村人排着队找他帮忙，干些垫院子、修房子、垒猪圈等闲散活。关老舅思考问题会慢人半拍，和他说话挺好玩。人问："关老舅我给你介绍个女人咋样？"他吭吭哧哧地动着嘴。人就笑了，又问："中午给你炒鸡蛋中不？""啥模样的？"关老舅问。人一愣，心想鸡蛋不都是椭圆形的吗？就说："当然是圆鸡蛋了，你想吃四四方方的？""那敢情好。"关老舅答。问话人愣愣的，忽然明白关老舅是慢半拍的，就开心地笑了。关老舅也咧开嘴，开心地笑了。

有一年农闲，关老舅要出外打工了。他无所谓情不情愿，是六叔的主意。六婶子说："他出去还不吃亏？"六叔面无表情地说："他在家也闲不住，不如出去挣点钱，最后还要咱给他养老吧？"六婶子叹口气。关老舅就跟着同村的老林去南方干零工去了。

过了几个月，老林回来了，关老舅却不见人影。

六婶子接过老林递过来的两千块钱，担心地问："他一个人在那，中不中啊？没你照应，他心眼又实，还不处处吃亏？"老林说："这不快过年了，有几户老头老太太，想在年前把院子清干净。俺们想趁机涨点工钱，正嚷嚷呢。几个老头老太太一哭穷，关老舅就答应了，算下来一分钱没涨还落价了。唉。其他人赌气都回家了。"说完摇头。

六叔也跟着摇头。

关老舅接下来没什么音信了，麦籽成熟的香味飘在村里的旮旮旯旯，六婶子不干了，非要六叔去找关老舅。这时，一辆红色的出租车缓缓地驶进村。

车门打开，一个五十多岁穿白汗衫黑裤子的高个子男人站在村街上，脚上的皮鞋亮得照人影。村人觉得那人很熟悉，那人嘿嘿地笑，村人的眼珠子嘀里啪啦掉了一地，他竟然是关老舅。

接着，一个城市的老太太也下了车。

六叔接过老太太手里提的礼物，恭恭敬敬地把他们让进堂屋。

下午，那辆红色的出租车又来了，接走了关老舅和那个城市老太太。

江村沸腾了。

老林说："看人家城里老女人，那皮光溜的像咱村二十多岁的女娃。"有几个村妇不爱听了，冲他翻白眼："有本事你也寻个去。"

六婶子说："她是个中学老师，男人病死了，看俺哥老实，靠得住，就搭伙了。日里有个照应依靠。"

六婶子说："那大姐一来，带那些好吃的不说，一下子给了俺五千块钱呢，还说俺大哥的养老送终也不用俺管。"村人啧啧的声音响起。

老林心里酸起来，哼道："关老舅不够意思。"六婶子问："咋了？"

"不是俺带他去那个城市，他会有这福？这发达了也不知道感谢感谢我。"

六婶子点头："是啊是啊。该谢谢老林叔。"

收发员老霍

老霍骑着破自行车，咣咣哐哐地响着，到了门前，喊，家里有喘气的没有，出来个喘气的，拿你家的信。人走出来，说，老霍，你不会喘气还能喊这么大声，快回家看看，你老娘想你了，哭哩。

老霍六十开外，瘦，矮，黄脸上皱纹不多，下巴刮得光溜溜，小眼睛时常配合着嘴巴，笑呵呵的。他是农场的收发员。

十天半月的，邮递员开着摩托车来送信、报纸、汇款单什么的。老霍晃着手里的报纸问，小伙子，这是什么报纸啊？邮递员是个二十来岁的小青年，答，河南日报，科技日报。老霍再问，这些呢？邮递员答，周口日报，周口晚报。老霍挠挠头，说，日报日报，每日一报，你咋十天半月才送来？邮递员语塞，甩甩头，撇撇嘴，骑上摩托嘟嘟着加大油门跑了。老霍说，看看，这孩子，没怎么说呢，就烦了，我是怕耽误事，十天半月才送一趟，耽误事了谁负责。又冲着邮递员的背影喊，孩子，慌个啥，开慢点。

老霍回屋，从报纸里倒出信，计划好收信人家的远近，由近到远地送。农场有三百多户人家，住得稀稀拉拉的，来回有七八里地。老霍骑着破自行车，咣咣哐哐地响着，到了门前，喊，家里有喘气的没有，出来个喘气的，拿你家的信。人走出来，说，老霍，你不会喘气还能喊这么大声，快回家看看，你老娘想你了，哭哩。老霍嘿嘿地笑，骑上自行车去另一家。

　　老霍送完信，回到场部的一间破平房里，把报纸叠得整整齐齐的，放到每天擦得干干净净的破桌子上。看看挂在墙上的表，十一点半。锁门，下班。回到家，老伴堵着大门不让他进。瞪着眼问，你是谁呀？老霍说，我是你最亲爱的老霍啊。老伴说，老霍，我不认识，你看见大明没有，他一天没进家了。老霍只好笑嘻嘻地说，我就是大明啊。老伴高兴了，闪身放老霍进院问，你是大明，咋不喊我娘？老霍只好喊，娘。老伴高兴地笑了。

　　自从十年前老霍的独生儿子大明喝醉酒出了车祸，他老伴就变成了这个样子。老霍每次回家，老伴都不让他进门，他必须要自称大明，喊老伴"娘"才让进门。场长看老霍可怜，就让他当了收发员。每月给他五十块钱。六年前，土地承包给个人后，场里就没多少事务了，场长在县城住，一年也不回来几趟。于是，场部除了收发室那间破平房，另外几间破平房也归老霍管辖了。他每天按时上班，把几间屋子打扫得干干净净，桌椅板凳也擦得一尘不染。

　　这次快有一个月了，邮递员还没来。邮递员是不是生病了？开摩托那么快会不会摔着了？想到这，老霍照自己嘴上抽了一下，真是的，怎么好咒人家。

　　这天，老霍站在路口等啊等，看看太阳越来越大了，看看快到中午了，就忍不住了，骑上破自行车咣咣啷啷地去邮局。进门看见邮递员坐在椅子上玩手机，就生气了，就嚷嚷，哎，你这孩子咋不去送报纸送信了，虽然天有些热，但干工作就要任劳任怨。邮递员站起来，白他一眼，转身往外走。

　　老霍一把扯住说，这孩子，你咋这样呢？邮递员说，你们今年连报纸都没订。老霍不明白了，怎么会不订报纸了呢，就算不订报纸，跟送不送信有什么关系呢？邮递员不耐烦了，说，有汇票和信我自然会送到他们手里。真是，都跟你们似的，我订报的任务完不成，奖金都没了。

老霍明白了，就是说，以后自己的收发室可以不用开门了，自己也失业了。他走出邮局给场长打电话，场长说，订个球，我看过吗？咱场里谁看报纸？然后又说，老霍，你的五十块钱照发。

老霍站在阳光下愣了一会儿，走进邮局，找到邮递员说，孩子，我想订报纸。

堂 嫂

老人的二儿子说，你送我妈去医院是真的，但我妈咋晕的，就不好说了。堂嫂她们愣住了。老人的二儿子说，我妈是晕在你三轮车前的，说不定是被撞的，拿五千块钱这事就算了，要不，就打官司。

这天，堂嫂骑三轮车带着六婶几个人赶集，买了很多东西。堂嫂把三轮车停在信用社门口，让六婶她们看着车，她去院里上厕所。出来见一圈人围着三轮车。堂嫂拨开人群，看见三轮车前躺着一个白发苍苍的老人。

六婶几个人说，这个老太婆走着走着不知怎么就晕倒了。堂嫂俯下身子，推推老人，喊，大娘，你咋了？老人不动。有人说，赶紧送医院。堂嫂抱起老人放进三轮车里。六婶她们忙拎起自己的东西，步行回村了。

堂嫂把老人送进卫生院，没多久老人就醒了，不过有些迷糊。医生查看老人的手机，照着通讯录上署名"大儿"的号码拨通了电话。

老人在县城工作的大儿子很快回来了。问清了情况，非常感谢堂嫂。

第二天，有人来找堂嫂。堂嫂一看，是老人的大儿子。就问，大娘咋样了？大儿子说，还在医院，没生命危险，只是迷糊。真是太感谢你了。说着掏出两千块钱，说是谢礼。堂哥和堂嫂不要。老人的大儿子生气了，扔下钱走了。

这事很快在村里传开。那天和堂嫂一起赶集的六婶她们不乐意了，来找堂嫂，要分钱。六婶说，我们先看见老人的，你送去医院的，见面分一半，两千块钱的谢礼咱几个应该平分。堂嫂无奈，让六婶她们把钱分了。

堂嫂把剩下的四百块钱买成了营养品，去医院看望了老人。第二天，又有人来找堂嫂。说是老人在省城做生意的二儿子。六婶她们听说，赶紧跑去堂嫂家。

老人的二儿子说，你送我妈去医院是真的，但我妈咋晕的，就不好说了。堂嫂她们愣住了。老人的二儿子说，我妈是晕在你三轮车前的，说不定是被撞的，拿五千块钱这事就算了，要不，就打官司。六婶她们赶紧溜了。堂嫂和堂哥不敢打官司，只好想法筹钱。晚上，六婶她们把分走的钱都送回来了。堂嫂说，还差几千呢。六婶说，都怨你憨，多一事不如少一事，这下好了。又说，他嫂，这事和我们没关系啊。

堂嫂和堂哥正为筹钱的事犯愁。老人在北京工作的女儿来找堂嫂。

堂嫂说，钱没凑够呢。就差一点了。

老人的女儿说，大姐，我是来感谢你的。我去看了信用社的监控录像，是你救了我母亲，我代表全家谢谢你。

堂嫂高兴了，问，大娘咋样了？

老人的女儿说，我母亲这次晕倒，是颈椎病引起的，已经出院了，就是还有些头晕。我父亲去世几年了，我们都很忙，母亲又不愿意离开老家。大姐，我们想请你去照顾我母亲，一月给你一千块钱咋样？

堂嫂半天没回过神。

老人的女儿看堂嫂不说话，忙说，大姐，工资好商量，要不一月一千五吧，像你这样的好人太少了。就当帮我们的忙，好吗？

堂嫂赶紧点头，说，中，中。一月一千就中。

堂嫂去镇上照顾老人，也就是做做饭，洗洗衣裳，陪老人四处转转，聊聊天，农忙时还可以回村帮堂哥干活。村人都很羡慕堂嫂。六婶拉长脸酸溜溜地说，要不是我们那天喊她一起去赶集，她能有这福？

感　恩

村人开玩笑问，李征，你晚上和老婆睡觉也背着这条狗吗？李征眯起细眼睛，咧嘴，从大嘴角喷出几股劣质烟卷的蓝雾。他媳妇不乐意了，一拧眉毛一瞪眼，吓得人们四散。他媳妇可不是省油的灯。

这条狗确实老了，就连伏在李征宽黑的肩背上，仍一副恹恹欲睡的模样。

李屯人对李征早已经见怪不怪了。李征只要走出家门，都会背着这条狗，不管是干活，不管是看牌，不管是瞎逛，就连上村里的公共茅厕也背着。村人开玩笑问，李征，你晚上和老婆睡觉也背着这条狗吗？李征眯起细眼睛，咧嘴，从大嘴角喷出几股劣质烟卷的蓝雾。他媳妇不乐意了，一拧眉毛一瞪眼，吓得人们四散。他媳妇可不是省油的灯。

　　早先，这条狗是跟在李征脚前后乱撒欢的，这两年眼看着精力就不济了。都说，狗不过旬。算来，这条狗也有十来年了，换成人的年岁，也有八九十岁了。这条狗壮年时浑身黑色，四蹄却生白毛，头宽，眼大，嘴阔，很威风。一年夏天，李征喝醉酒，骑着辆除了铃不响啥都响的自行车，歪歪扭扭回家。飘来了几片乌云，哗一声，雨水倾盆。李征借着酒劲，拼命地蹬着自行车。到了李屯村东头的桥上，一声雷，吓了他一个趔趄，车轮一滑，他从没有桥栏的桥上掉到了河里。河水泛着浑浊的黄泥沙，吞没了他和自行车。这时，这条黑狗出现了。黑狗勇敢地跳进河里，死死咬住李征的衣服，朝岸边拽，黑狗的牙断了好几颗，才把李征拽到岸边。狗嘴里的血，染红了李征的衣服。

　　李征醒过来后就和黑狗寸步不离了，黑狗慢慢地老了，李征开始天天背着它。

　　摘棉花的时候，李征背着狗，手脚就慢了，他老婆开始骂。他老婆骂人时音调高低匀称，节奏有快有慢，这么多年了，她骂人的字眼从没重复，李屯的人，对他老婆骂人的水平由衷佩服。邻近地里的村人一边听一边偷笑，但不敢站直身看，要不，就可能会引火烧身。李征佝偻了背，一声不吭，老狗也疲塌了眼皮，无动于衷。当日头西坠的时候，李征的老婆吐几口白沫，拎起地头一个大塑料瓶，咕咚咕咚猛灌凉水。

　　表哥讲李征的时候，看得出来，他对李征很不以为然，口气、神情满是取笑、奚落，甚至是讨厌。我说："李征报恩呢。""报恩？报恩！"表哥竟然冷笑了。吃完饭，又聊了会儿，我要回家了，表哥送我。

到了村街，迎面走过来一个人，个子高，但已经佝偻了，小五十的样子，脸很黑，肩背上趴着一条老迈的黑狗。我知道，他一定就是李征了。我赶紧摸烟，想要敬给他一支香烟。表哥摁住了我的手，皮笑肉不笑地开李征与黑狗的玩笑。其他几个村人也在随声附和。表哥他们在拿李征和黑狗开心呢。我叹口气，加快了脚步，表哥赶紧跟上来。

我不再让表哥送，他不肯，执意要送出村。我知道，这是农村的礼节。

出了李屯村，满眼绿色，是一种蓬蓬勃勃的绿。有一间低矮的小屋，搭建在一大片玉米地头。小屋窗子很小，门也破破烂烂，墙坑坑洼洼的，屋顶的水泥瓦压着几块白色的塑料布，风吹，舞动作响，不是看屋外一根锈铁丝上飘荡着几件破衣服，我简直要以为是茅厕了。屋里走出个老头，左手端个盆子，右手拄根棍子，蹒蹒跚跚地走到一个水井边，轧了半盆水，淘洗几把半青不黄的韭菜。

表哥顺着我的目光看，问："老弟，你知道这个孤寡老头是谁吗？"

我摇摇头。表哥说："是李征的爹。"

偷　瓜

六婶子一手抓住奶奶的衣领，一手揪住奶奶的头发，眼睛瞪得溜圆，嘴里还大声地骂着。我哭着冲上去护奶奶。

六婶子面色蜡黄，眼圈发暗，不合身的半大灰褂子上满是污渍，白发凌乱。我喊："六婶子。"她抬起头，眼神也有些呆滞，但分明认出了我。她从放倒的石磙上站起来，拉着我的手说："大侄女，你回来了。"

从母亲口中知道，六婶子的两个儿媳都不孝顺，儿子们又懦弱。六叔在时收些废品干些杂活日子还好对付，六叔死后，六婶子的境况不好起来。她开始还轮流住在两个儿子家，虽然受些白眼和夹枪带棒的言语，但饱暖有保障。后来儿子都出去打工了，不知道怎么回事，她搬回了村头的老房住，两个儿媳按月轮流送饭，仅仅保证她不饿死罢了。我叹："没想到六婶子落到这般光景。"母亲说："她短着嘴呢，和儿媳理论时，儿媳就会说，'我们比你强多了，你怎么对待你婆婆的，最起码我们没有打你'，她就灰白了脸，不言语了。再说，她还有昏厥病，时不时地犯病，更讨媳妇的嫌弃。"母亲提到六婶子昏厥病的时候，我心里咯噔了几下。她的病，我有很大的责任。

那时候我刚上初中，有次回家，正赶上六婶子和奶奶打架。六婶子经常找奶奶吵架。六婶子一手抓住奶奶的衣领，一手揪住奶奶的头发，眼睛瞪得溜圆，嘴里还大声地骂着，我哭着冲上去护奶奶。我父母在平顶山煤矿上班，我从小跟着奶奶住，和奶奶很有感情。叔叔们闻讯赶来，拉开了她们。六婶子扬着手里的一绺白头发，得意地走了。奶奶伤心地哭着，脸上有很多血痕，眼角也肿了。第二天，奶奶头疼得厉害，住进了医院，一个星期后才出院。我恨死六婶子了。

我再次从学校回来，经过一片西瓜地。绿叶如海，很多圆滚滚的西瓜漂浮在绿海里。六婶子在西瓜地里忙碌，她和村人高亢地谈笑，刺得我耳膜生疼。夜里，月色朦胧，我忽然生出个怪念头。我要去偷六婶子家的西瓜，让六婶子心疼。

月色里的风带着露水，和白天很不同，刮得我脊背发紧，我手

遇见另一个自己

里攥着根做铁锹把用的槐木棒。六婶子家的瓜棚在西瓜地南面，靠着大路，瓜地北面是块玉米地，我从玉米地摸进了瓜地。忽然，我看见个人影，我慌忙趴在地上。西瓜秧浓重的甜腥味钻进我的鼻孔。人影骂骂咧咧："母老虎，想憋死我啊。"骂完晃晃悠悠地回村了。人影是六叔，他只敢在没人的地方骂骂六婶子。我高兴起来，看瓜的六叔回家了。

我摸到一个西瓜，用木棒敲开，咬了一口，一股生涩味。再敲开一个，还是个生瓜。我生气了，站直身子，朝西瓜秧乱打一气。最后我鬼使神差地发起疯了，在西瓜田里狂奔，踩断了很多瓜秧，手中的槐木棒敲打着一个个西瓜。我很解气。闹得筋疲力尽，兴奋得浑身发抖。我害怕六叔再回瓜地，就跑回了家。一夜也没睡着，心里七上八下，天刚亮，我就回学校了。

后来听说，六婶子家的两亩瓜田基本上被毁坏殆尽，六婶子在村里跳着脚骂了三天，最后一头栽倒被送进了医院。再后来，六婶子就有了昏厥的毛病。我很担心事情败露，提心吊胆了几个月。但谁也没有怀疑我，一个成绩优秀，文文静静，不爱说话的女孩。

我对六婶子有愧疚。这次回村见到她，我心里更难过。我回城后，联系了一家很不错的老年公寓，经理是我老公的同学。我想送六婶子到老年公寓安度晚年。母亲虽然和六婶子没什么感情，但很可怜她，赞成我的想法，只是说，应该和六婶子的两个儿子商量一下。我拨通了两个堂兄的电话，征询他们的意见。他们开始不同意，后来答应了，也都愿意出钱。我想两位堂兄是知道他们老娘的实际情形，但又要外出打工挣钱，家事大概有心无力。我去老年公寓办了手续，接六婶子入住。六婶子很高兴，有人唠嗑，食住满意。她时常对人说我的好，这点总让我惭愧。

南窗下的槐木桌

大家起哄说，李木匠，你真抠门，不是李老师，你家大牛语文竞赛能全乡第一？还弄个废料做的桌子送李老师。第二天下午，李木匠扛着个槐木桌进来，放在南窗下。一看就不是废料做的，刷得亮漆还有些粘手。

李老师退休后，只要往南窗下的槐木桌前一坐，老伴娟子就一通埋怨，说，坐多少年了，还没够，你那时要备课要改作业，没办法，现在你都退下来了，还是吃过饭就坐那里写啊，读啊，烦不烦啊。李老师装作没听见。他不知道吃过饭后不坐在槐木桌前，该去哪里。

多年前的一个下午，李老师还不是老师，他正在豆田里挥着镰刀割豆子，支书老耿嘴角咬着烟卷，到田里找他，说，李小军，你是高中生，咋割起豆子来了？李小军直起腰，说，叔，我不割豆子我干啥？老耿说，咱大队的刘各庄小学缺老师，你去教学吧。李小军说，我能中？老耿一撇嘴，吧唧，把烟屁股吐地下，用脚一拧，说，啥话，你是高中生，咋不中。于是，李小军就成了李老师，去离家八里多地的刘各庄小学代课教语文。

每天晚上，李老师趴在一张放在南窗下的桌子上改作业，备课，点一盏煤油灯照明，把鼻孔熏得乌黑。他改完作业备完课，开始读书，读古今中外的文学名著，慢慢地，就拿笔在白纸上写诗歌写散文。那时候，李老师南窗下放的还不是槐木桌，是用两摞砖头垒起来，放一个做饭用旧了的案板，凑合搭建起来的一个台子。

李老师的班在乡语文竞赛中拿了第一名。校长和老耿领回来奖状后，嘴都合不拢了，拉着李老师喝酒。老耿把外甥女介绍给李老师。俩人一对眼，都中意了。李老师一表人才，老耿的外甥女，就是现在看见李老师坐在南窗下的槐木桌前就唠叨的娟子，那时候也是眉目清秀，一笑两个酒窝。结婚的时候，很多人来帮忙收拾屋子，就把南窗下的那个台子给拆了。

李老师问，我改作业备课咋办？老耿说，咋，怕我外甥女不带嫁妆？李老师脸红了，说，叔，怎么我也要有张写字桌不是？老耿说，喊舅，啥叔？学生大牛的家长是个木匠，说，李老师，我新做了个桌子，用的是废料，明天给你搬过来。大家起哄说，李木匠，你真抠门，不是李老师，你家大牛语文竞赛能全乡第一？还弄个废料做的桌子送李老师。第二天下午，李木匠扛着个槐木桌进来，放在南窗下。一看就不是废料做的，刷得亮漆还有些粘手。放下不等李老师说话，转身跑了。

一晃三十多年过去了。这张槐木桌被李老师和岁月打磨得细腻发亮。李老师半年前退休了，每天除了去村头散散步，就是坐在槐木桌前读书，写诗歌写散文。他挠着早被粉笔沫染白了的头发，想不出老伴娟子为什么不喜欢他坐在槐木桌前。

这天，是他老伴的六十一岁生日，李老师决定从这天起，离开南窗下的槐木桌。他想给老伴些惊喜，顺顺她的意，老伴跟着他没少吃苦。当他把决定说出来后，老伴不信。李老师又郑重说了一遍，老伴才信。她让李老师搭把手，把槐木桌抬到了放杂物的西屋，然后把一对大沙发放在南窗下。

李老师无聊，骑着电动车去镇上闲看，碰到和他一块儿退休的马老师，说是去参加镇诗词学会的笔会。李老师跟着去了，一大屋子都是退休的干部和教师。李老师经常在县报上发表作品，大家都极力邀请他加入，并一致推举他为诗词学会副会长。接着，李老师又加入了镇钓鱼协会，镇象棋学会，每天吃过饭骑着电动车就走，不到天黑不回来。

这天李老师回来，进屋感觉很不对劲。他转了几圈，终于发现，槐木桌又放在了南窗下。槐木桌被精心擦洗过了，发散着古铜色的光芒。这时，老伴娟子进来了，手里捧着一个蓝色的花瓶，里面插着刚采摘的草花。草花五颜六色，很好看。

老伴把花放在南窗下的槐木桌上，说，老李，你每天还是坐桌前看书写字吧。李老师愣了，问，怎么回事？

老伴眼角溢出了泪花，说，每天看不见你坐在槐木桌旁看书写字，我心里空落落的，好像把你和日子一块儿弄丢了……

闹动静

领导示意我坐下，说："听说弟妹不但长得漂亮，而且性格开朗能歌善舞。"我暗吸一口凉气。

公司领导笑容可掬，给我让座倒茶。我受宠若惊地说："领导，有事您吩咐。"领导说："小焦，喝茶。"我喝了一口，烫得舌尖发麻，但感觉茶味如蜜。

领导说："我想请兄弟帮个忙。"我起立说："不敢当不敢当，领导尽管吩咐。"领导示意我坐下，说："听说弟妹不但长得漂亮，而且性格开朗能歌善舞。"

我暗吸一口凉气。领导说:"是这样,我想请弟妹闹些动静。"我更加疑惑。领导说:"我母亲七十多岁了,不愿来城里住,跟着我哥住在乡下。我哥前段时间摔伤腿住院了,再过三个月就可以出院。谁知,母亲又出了状况。邻居反映,老人家一个人在家总是把电视机开到最大音量。特别是夜里,很吵邻居的。邻居去问,她说家里太安静了,瘆得慌,就想闹出点动静。我怕老人家再生出什么病来,能不能辛苦弟妹这段日子去老人家跟前闹些动静。"

我松口气,拍着胸脯说:"领导放心,坚决完成任务。"领导很满意,说:"你去给弟妹买辆电动车,要名牌的,记得把发票给我。哦,对了,这次升职提名有你,好好干。"我热泪盈眶,大声说:"谢谢领导。"

老婆安燕听完,拍拍漂亮的电动车说:"放心。老变小,七十多岁的老太太跟小孩差不多。别忘了,你老婆可是优秀幼师啊。"我说:"贤内助,就看你的了。"

安燕请了假。每天早上八点,她骑着电动车去城东四十多里的乡下给领导的母亲"闹动静",下午六点回来。她每日朝八晚六,风尘仆仆,明显消瘦。我看在眼里疼在心头。安燕俏皮地说:"每个成功男人的背后都有一个'闹动静'的女人。"

在公司里,领导看见我,主动走过来和我聊几句,或者冲我赞许地点点头。这证明安燕在领导母亲那里闹的"动静"很成功。近来,公司安排给我的事都是极其重要的。这是个好兆头。我虽然忙得脚板不沾地,但很快乐。

这天,我在公司接到农村老家来的电话。是邻居老马叔打来的。他满腹怨言地说,最近我母亲把电视机音量调得很大,也不分白天黑夜。他老婆有精神方面的疾病，实在忍受不了。他去问母亲。母亲说："家里太安静了，瘆人。弄点动静。"老马叔让我想想办法。

我父亲去世早。弟弟和弟媳在外打工，一年难得回来一趟。母亲自己一个人住。前年我租了个两居室，把母亲接来住。没一个月，母亲就闹着回乡下。她说城市没人玩，头疼，难受。无奈，又把她送回乡下。老家并不远，四十多里，我和安燕隔十天半月就回去住一天，陪陪她。近来太忙，一直没回去过。

晚上，安燕看我心事重重，问："怎么了？"我一五一十地把乡下母亲的状况说给她听。安燕听完跳起来，说："和你领导家那位老太太一样。"我点点头，说："都是独居。年龄也差不多。"安燕说："那咋办？"我沉思了。

我给老马叔打手机，老马叔接听，说："辉，你说说你妈，别把电视音量开大了，你婶快要犯病了。"我答应着老马叔，让他把手机给我母亲。

我说："妈，你来城里住吧？"妈说："住城里太难受。""那你一个人在家我不放心。"我说。妈笑着说："没事，我身体还行，你和燕啥时候让我抱孙子啊，别光想着挣钱当官。"我说："妈，不要把电视音量开太大。"妈说："我知道，可是管不住自己，就是想闹点动静。"我想了下说："妈，电视音量大费电。咱家的电视开大音量一天一夜要两三块钱。"妈惊讶地说："啊？这么多？我知道了，我以后尽量不看电视。"妈又说："我明天把白猫送人。这样老鼠就会来咱家，它们最会闹动静了。"

炒花生

他卖的炒花生都是晚上看着电视和老伴一颗颗挑拣出来的，个个饱满匀称，而且价钱公道，称又足，每次不到两个小时准卖完。

刘老汉吃过早饭，冲灶房喊："老婆子，刷完锅别灭火，开炒。"

"他爹，电视上说这两天变天，有雪。"

"今天准下不来。我说开炒就开炒，少啰嗦。"

冬闲了，村子空落落的。刘老汉的儿子把他和老伴接到城里去享福，没半个月，他就病了，浑身没力，头晕目眩。医院也看不出个究竟。他执意要回村。儿子只好开车把他送回农村老家。刚看见村口的那棵大槐树，刘老汉神清气爽，浑身有劲，忍不住哼起了豫剧。

刘老汉回村后闲了好几天，闲得骨头都痒了，灵机一动，老伴炒的花生可是一绝。花生炒好后，从外面看起来和生花生并无二致，剥开壳吃起来，却是香喷喷脆酥酥的。对，去七八里外的县城卖炒花生，不图挣钱，图个乐呵。

刘老汉把晾凉的炒花生装进袋子。老伴说："孩子月月寄钱，庄稼年年丰收，又不缺钱花，死老头子是牛驴命，不会享福。"刘老汉大度地笑笑，女人懂个啥，牛驴命也比猪命强。

他戴上皮手套，骑上电动车走了。

到县城，他去了一家烩面馆，装进肚里一碗热腾腾的羊肉烩面，然后才去阳夏小区。他卖的炒花生都是晚上看着电视和老伴一颗颗挑拣出来的，个个饱满匀称，而且价钱公道，斤两又足，每次不到两个小时准卖完。今天也一样，烩面的热乎劲还没下去，花生就快没了。他坐在阳夏小区前面的花坛边直想唱豫剧。

一个女人走过来买花生。刘老汉把剩下的一称，二斤高称。刘老汉说："六块五一斤，二斤十三块整。"女人笑着点点头，递过来一张五十的。刘老汉看着女人的微笑，心里嚓地一跳，想起了女儿小诺。

女人问："大爷，咋了？"刘老汉回过神，不好意思了，赶紧找钱。而且他专挑新钱，一张新十块的，三张新一块的。女人接过花生和零钱转身走进小区。刘老汉看着她走进二单元的楼梯口，才收回目光。

晚上，刘老汉对老伴说："今天有个闺女买花生，她一笑和咱家小诺一样好看。"说完忽然吃了一惊，说："坏了，钱找错了。"老伴说："他爹，快四年没见小诺了，这孩子不知道是胖了还是瘦了。"说着抹起了眼泪。刘老汉说："你看你，前几天小诺不还打电话吗，孩子工作要紧。"

晚上刘老汉在床上翻来覆去睡不踏实，老伴知道他老毛病又犯了。他只要占了人家针尖大的便宜，晚上就睡不踏实了。她也毫无睡意。

天刚亮，飘起了小雪花。早饭后，雪花扯天扯地怒放。

刘老汉说："老婆子，开炒。"

"他爹，可不敢去卖炒花生，路滑。"

"我说卖了？我还钱去，顺便再送给那闺女点花生，开炒！"

"他爹，你说那闺女一笑真和咱小诺像？我也想去看看。"

"等天好了我带你去，别啰嗦了，开炒。"

厨房响起哗啦哗啦的声音，一股股炒花生的香气弥漫在漫天的雪花里。

十岁的那场电影

班长小兰，最先学会了主题曲，不时哼唱着：日出嵩山坳，晨钟惊飞鸟，林间小溪水潺潺……更夸张的是，上体育课，竟然唱：少林，少林，有多少英雄豪杰来把你敬仰……

每当初夏时节，风里飘满了杨柳絮，像飘落了一场藏满阳光的雪，我总会想起十岁的那场电影。往事浮出岁月河的水面，变成了一条白亮的鱼，鱼尾伸展着，用力摇摆着，劈开流年，劈开时光，宽厚的鱼尾像巴掌般搧在我的脸颊。疼痛，让心里的泪水从眼睛里溢出。

父亲在平顶山煤矿工作，母亲在县卫生院做护士。我只好跟着乡下的奶奶住。奶奶身材高大，粗胳膊粗腿，走路向两边用力甩着手，好像要扫除路上的一切无形的障碍。我在奶奶爽朗的笑声里拥有了安全感。奶奶不允许人家欺负我，就算是我的错，也不让人家责怪。

因为一个胶泥捏的小人，我和李黑干起架来，我俩在地上翻扭了几个跟头就结束了。我望着被弄坏的泥人很生气，就想了个主意报复李黑。放学后，我偷偷藏在村口的大槐树旁，手里握着长竹竿。等到李黑走过来，我用竹竿捅烂了树枝上的蚂蜂窝。然后扔掉竹竿，顺着河坡逃走了。李黑不防备，被蚂蜂蛰了才反应过来。没想到蚂蜂是疯子，不但蛰李黑，还蛰当时所有路过的人。这下坏了，村里放学回来的五六个人都被蛰了，还有两个大人。更糟糕的是，我逃跑的时候，被河坡上摘槐花的村人看见了。于是，很多人拉着脸肿的小孩来我家找奶奶理论。我吓得躲进厨屋。奶奶粗着嗓子和大家吵，然后是对骂，奶奶跳着脚骂，气势很盛，竟然骂赢了。等人都散了，奶奶把我抱进怀里，低声说，辉，不用怕。以后不要再做这种不占理的事情了。奶奶叹口气，开始压水，准备做饭。突然，奶奶晕倒了。

奶奶嘴唇乌紫，面色苍白，我哭着晃动她硕大的身体，过了一会儿，奶奶醒了。她揉了好大一会儿胸口，才缓过气，慢慢地站了起来。奶奶虽然脾气不好，但讲理，在村里的口碑一直很好。为了我，她不分黑白，和村人对骂，名声就坏起来了。奶奶也落下了胸口闷疼的毛病。

学校组织星期天去镇上电影院看《少林寺》，要家长陪同。奶奶刚跟村里的学生家长骂完架，又胸口疼，在村诊所挂吊针，我没人陪，没能去看电影。我伤心地哭了，连着好多天不好好吃饭，精神很差。村里看过电影的人，讲起电影里的情节，眉飞色舞的。学校里看了电影的同学，课间讨论着精彩的情节，还不时模仿里面的动作和对话。班长小兰，最先学会了主题曲，不时哼唱着：日出嵩山坳，晨钟惊飞鸟，林间小溪水潺潺……更夸张的是，上体育课，竟然唱：少林，少林，有多少英雄豪杰来把你敬仰……我想看这场电影，我一定要看这场电影，我发誓。

我利用奶奶对我无原则的爱，利用奶奶的好强。我对奶奶说，村里人看不起我，学校里的人也看不起我，因为我没有看电影《少林寺》，还告诉奶奶，这个星期天，电影院还重放这部电影。只是票价比学校组织的要贵一块钱。奶奶浮肿的眼睛笑着，揉了几下胸口，说，俺孙子不能让人家小看，这个星期天俺领你去看。我内心一阵窃喜，却不知道步行去三十里的镇上，对奶奶意味着什么。

星期天，奶奶领着我去看电影，出村的时候大声说，俺领孙子去看电影《少林寺》了。惹来很多眼红的目光。我和奶奶边走边说笑着，初夏的风里飘满了杨柳絮，像飘落了一场藏满阳光的雪。没走一半路程，奶奶吃力了，她大口喘着气。我只好扶着奶奶走。奶奶走几步就要停下揉揉胸口，快中午的时候，我们才走到电影院。

奶奶买了票，我们进去找到座位。人很多，乱糟糟的。等灯灭了，电影开始放映了，人们才安静。主题曲响起来，我沉浸在电影情节里。一个多小时的电影，我舍不得眨眼睛。散场了，灯亮了，人们急切地议论着剧情，欢闹声潮水样奔涌。我扭头，看见奶奶歪在座位上睡着了。我推了奶奶几下，她不动。我用力地推奶奶，大声地喊她，奶奶还是一动不动。我就那样一边推一边大声哭喊，奶奶！奶奶！奶奶没有理我，她睡着了，永远地睡着了……

岁月的面纱

你奶吼了一声，冲过去。那声吼，简直不像是人能发出的声音。野狗吓了一跳，但看清是个干巴瘦小、渴得半死的女人，龇牙跳上来，一口咬住你奶的肩膀……

你为什么不和你奶打招呼？爹的话里夹着冰块。我愣了一下，回过神来。奶？一个整日沉默不语的老太。岁月的风霜让她干瘦成了一颗枣核。我不讨厌她，但似乎也没有喜欢她的理由。而且，现在，她已经痴呆。她衣着整洁地端坐在大门旁，任阳光在脸上的深皱纹里探寻。就算我和她打招呼，她也认不出我。因为，她连爹也认不出来。

大学的第一个暑假，我放弃了和同学游山玩水，想帮着家里干些农活，刚到家，就因为没和老年痴呆的奶打招呼，受到爹的斥责。我没了好气，问，她认得我？爹认真地说，认得。我转身走到奶面前，说，奶，我回来了。她不看我，盯着地面。顺着她的目光，我看见一只蚂蚁，在费心费力地搬一粒黄豆大的饭。我转头，瞪了爹一眼。

下午去地里给玉米施肥，累了在地头歇，爹卷了根烟，坐在我身边，咸腥的汗味里夹杂着辛辣的烟味。爹说，你奶年轻的时候，赤手空拳打死了一条敢吃人肉的野狗。我惊讶，问，什么，难道奶练过武？爹摇头，说，乡下的本分女人，练什么武，当时我和你奶已经三天没喝水了，吃口窝头，嘴唇的血珠子啪啪直掉。我惊讶地瞪大了眼睛，听爹缓缓地讲。

那年你奶领着我和你姑随村里人一起逃荒，后来掉了队。你奶背着我，扯着你姑，日头烙铁一样，烫得我们浑身火辣辣的疼。路上的干土有半尺厚，树都枯得能当柴烧。我的嗓子着了火，嚷嚷着喝水。老天爷，哪里有半点水啊。走了一会儿，我们看见路沟里有辆毁坏的马车，你奶放下我，进沟里。一条红眼睛的野狗，正趴在马车下边一个摔碎了半拉的瓦罐边喝水。你奶吼了一声，冲过去。那声吼，简直不像是人能发出的声音。野狗吓了一跳，但看清是个干巴瘦小、渴得半死的女人，龇牙跳上来，一口咬住你奶的肩膀。那时候的野狗常吃路边的死人，多凶恶啊。你奶也张嘴咬住了野狗的半边脸，一只手抠住野狗的咽喉，一只手抓进了野狗的眼睛。野狗嗷嗷惨叫，你奶一声不响。我和你姑趴在沟沿，连哭的力气都没有。我看着野狗和你奶在沟底翻滚。我的眼前一阵阵发黑。不知道过了多久，你奶喊我喝水。我睁开眼睛，看见你奶浑身是血，双手捧着半拉瓦罐。

爹不再说话。我看爹，看不清面容，他不停吸烟喷烟，烟雾笼罩了他的脸。

玉米上完肥，我去看望姑。姑快七十了，跟着大表哥住，时而糊涂时而清醒。这天，姑能很快喊出我的名字，辉，乖乖儿，你回来了？我看姑清醒，就问姑那年奶打死野狗的事。姑说的和爹说的大致情形差不多，但也有些不同。姑说，开始你奶背着我逃荒，刚出村不久，不知怎么就落单了，看见路边站个小男孩。后来你奶就背着那个男孩，拉着我的手走。前面看不见一个人，我们就走啊走啊，就碰见了那条野狗。打死了狗，喝了水，接着走啊走啊，就走到这里，看是个村落，有几户人家。我们走累了，就找个破草棚子，住下不走了。咦，你是谁啊？姑突然问我，然后扭头看见大表哥，又问，你是谁啊？大表哥苦笑了，说，娘的病就这样，好好歹歹。我告辞回家。

家门口，奶穿着娘给她新做的衣裳，坐在带轮子的老年椅上，头歪着，痴望着地面。阳光透过槐树叶，像一朵朵花撒落在奶身上。我蹲下身子，拉住奶的手，说，奶……

江家屯站

大家猜测这个老人可能是罪犯的父亲，儿子虽然受到法律严惩了，但作为父亲，还是很痛苦的。也有的猜这个老人是个好心人，从报纸上看见女孩被害的报道，就来这里建了个小屋，义务送去江家屯的人。

我有七八年没去过大姑家了。这次公司休假时间长，我决定去大姑家看看。大姑家在邻县一个叫江家屯的小村庄里。我要先乘坐到邻县的班车，然后再坐到乡镇的公交车，在一个路口下车，步行八里地，穿过两片小树林，才能到江家屯村。

我在邻县坐上公交后，怕记不准下车的路口，就对司机说，大哥，到去江家屯的路口记得停一下。司机是个胖男人，圆脸微笑着，眼睛里发散亲切的光芒，他问，你去江家屯啊？我点点头。他嘿嘿笑了，说，江家屯村是一站，直接把你送到家门口。我惊讶了，没想到七八年时间，邻县发展这样快，公交车通到了村里。

到了大姑家，她欢喜得拉了我的手直抹泪，大姑父忙着杀鸡整菜。大姑眼角有了不少皱纹，胖了许多，聊了会儿家常，我说起公交车站入村的事。大姑说，这么些村子，只有我们江家屯村有车站。我很奇怪，就问其中的原因。大姑问，你没看见106国道拐向我们这里的路口有个小屋？我摇摇头。

大姑把热茶端给我，讲起了江家屯站的故事。几年前这里出过个案子，村里有个在郑州上班的女孩回来，搭的是末班车，天快黑的时候在路口下了车，却再也没能回到家。半个月案子就破了，那个罪犯还不到三十岁。破案没几天，这个路口就建起了一座小屋。是那种红瓦蓝墙的简易屋。屋里住进了一位老人，他有辆带篷子的电动三轮车，他还养了两条狗。只要是在路口下车到江家屯的人，他都会免费送。老人有六十多岁，高个子，大眼睛，眉头终日紧锁着，不爱说话。他开着三轮车送人的时候，两条狗一前一后地跟着。

遇见另一个自己

    大家猜测这个老人可能是罪犯的父亲，儿子虽然受到法律严惩了，但作为父亲，还是很痛苦的。也有的猜这个老人是个好心人，从报纸上看见女孩被害的报道，就来这里建了个小屋，义务送去江家屯的人。不管怎么说，下公交能坐老人的三轮车回村，不用跑八里多地的路了。特别是到了天黑的时候，有回村的女人，不用害怕摸夜路了。三轮车嘁嘁地走着，车灯亮得扎眼，前后两条狗跑着，时不时狗还吼几声。

    村里人都很感激老人，时常会把地里新鲜的瓜果啊花生啊什么的送给老人。老人推辞不要，村人生气地硬放下，老人眼睛里就噙满了泪水。雨雪天，路不好走了，再有天黑到江家屯的人，就没法用三轮车送了，老人就穿上胶鞋，拿着手电，领着狗，步行送。

    去年冬天少有的寒冷，老人在一个雪夜送完人回去，没有走到小屋就晕倒了。等发现的时候，老人已经停止了呼吸。听人讲，两条狗用身子围护住老人，雪把他们都快给盖严实了。村人纷纷围在小屋外，哭着送老人。场面很大，惊动了好几家报社，电视台也来人了。我们才知道老人的身份。老人是公交车司机，退休后在这里建了小屋，义务送去江家屯村的人。老人去了，路口留下了空荡荡的小屋。

    后来看报上登载老人的日记，原来女孩出事那天乘坐的12路公交车，当班司机是那位老人。他在日记中说，当时，他看天色晚了，很想开着公交车送女孩回家。女孩下车后，他望着女孩的背影还在思忖着要不要送女孩，这是他最后一天上班，最后一次开公交车，第二天他就要退休了。最终，他没有送女孩，结果，女孩在世界上永远地消失了。

公交车再走到路口的小屋这里，司机会摁几声喇叭，然后拐弯，把车开到江家屯。时间久了，这里就有了个江家屯站。我听完大姑的讲述，感慨不已。

第二天离开时，我在村口江家屯站坐上了公交车，挥别车窗外的大姑和姑父，找了个靠窗的位置坐下。当那个小屋出现在我眼前的时候，司机放慢了车速，摁了几下喇叭，我仿佛看见有位高个子的老人，脚下卧着两条狗，站在路边。

胖　哥

没几天，王奎回来了，噼里啪啦打了顿老婆，铁青着脸，谁都不理。碰见胖哥，王奎扭身冲身边的一条狗说，我没逮着，先饶了你，逮着了，我揍出你的狗黄。

胖哥小时候爬树上摘桑葚，掉下来摔断了条腿。走路就有些拐。他个子原本不算很矮，只是因为胖，显得背部宽阔，胳膊和腿又粗，看上去就很矮。胖哥很热心，村里谁家有事情，吱一声，很快就能看见胖哥圆滚滚地拐来拐去，哪里最忙，他就在哪里。

村人很喜欢胖哥，他的热情很真诚，没有半点牵强，细眯着眼睛，乐呵呵的，让请他帮忙的人心里很舒服。胖哥干活不惜力气，虽然腿部有残疾，但不影响干活，就是走的时候多晃些肩膀而已。女人们虽然很欣赏胖哥的好心肠，却不太愿意嫁给他，所以，胖哥三十好几了还光棍一条。他倒乐观，无视他老娘的唉声叹气，整天嘻嘻哈哈的，一副无心无肺状。

村里的青壮年都去外面打工了，胖哥没有去。胖哥说，我走路不利索，出去打工也没谁稀罕我。胖哥在村里开了个代销点，进的货物全，留守在村里的老人、妇女、孩子，省去了到十里外镇上的路程，都很欢喜。胖哥卖的东西货真价实，谁要是手里不宽松，还能赊账。胖哥种了五亩西瓜，三亩的地种了黑美人，两亩西凤。瓜麦套种，收完麦，一地碧绿的西瓜苗。瓜趟子里再套种上"啁天啁"，也就是一种矮杆红辣椒，还隔趟子种了红薯和花生。胖哥这五亩地，一年能收五茬庄稼，能卖四万多块钱，这钱可是存进银行里的数。地里的粮食直补钱和代销点的收入就够平常花销了。胖哥进齐货，就让娘看着代销点，他去邻村的建筑队干活，没两个月就成掂瓦刀的大工了，垒的墙板像用刀切出来的，一所房子盖下来能分几千块钱。胖哥早已经断绝了外出打工的想法，就像西瓜卖完后，用锋利的铲子锄断西瓜秧那么坚决。俗话说得有理，在家日日好，出门千般难，看打工回来的人光鲜，受的苦那是哑巴吃饺子，自家心里有数。

村里没有青壮年，谁家的电闸坏了，节能灯烧了，抽水电机出毛病了，电动车充不进电了，抗旱的时候下水泵拔水泵，都来找胖哥帮忙。胖哥天生的热心肠，有求必应，毫不含糊，毫不迟疑。乐呵呵地去，乐呵呵地回。

这天小芳来找胖哥，说是下午浇玉米地，请胖哥帮忙。小芳是王奎的老婆，虽然生了俩孩子，身材没有走一点样，前隆后突的，一张圆盘脸，大眼忽闪忽闪，长得很馋人。小芳的玉米地和胖哥的那块黑美人西瓜地挨着，穰西瓜苗时，小芳帮忙下籽；栽西瓜苗时，小芳帮忙起苗；摘西瓜的时候，小芳帮忙搬瓜。当然了，小芳三亩玉米地浇水、打药、施肥都是胖哥干的。黑美人成熟得早，已经摘过二遍瓜了，就不准备再浇水了。玉米一人高了，正是拔穗的时候，缺不得水的。小芳就想浇遍水。

拉线，接线，下泵，摆好塑料水管子，推闸，水哗的一声，从机井里顺着水管子进了散发着浓郁香气的玉米地。小芳骑着三轮车来了，车斗上带着两袋子尿素。她怕玉米后期脱肥，想趁着浇水撒点尿素。胖哥扛着一袋尿素进了玉米地，小芳忙跟着钻进去，不能让胖哥撒尿素。玉米高过人了，玉米叶又宽又硬，尿素需要弯腰撒。胖哥腿脚不灵便，又胖，磕磕绊绊地容易摔倒。小芳来到胖哥身边，胖哥正解封口的线绳子。怎么也解不开。小芳说，不要急，慢慢解。看胖哥还是搞不定，就帮着解，胖哥的手往尿素袋里插得猛了，手指疼，哎呦一声抽出手，吸口凉气，解嘲地说，你家的东西真不好弄。小芳撑开袋子口，说，我掰着，你慢慢插。胖哥说，中，插得猛了我也疼。玉米地靠着路，有人骑着自行车经过。胖哥和小芳，边撒化肥边浇地，没落黑，就浇完了三亩玉米。

第二天村里有些人看见胖哥嘻嘻笑，说，小芳又喊你浇地哩。胖哥说，昨天刚浇过。村人说，呵呵，知道，知道。小芳又旱了。胖哥挠挠头，嘿嘿笑。没几天，王奎回来了，噼里啪啦打了顿老婆，铁青着脸，谁都不理。碰见胖哥，王奎扭身冲身边的一条狗说，我没逮着，就先饶了你，逮着，我揍出你的狗黄。那条狗吓得夹着尾巴逃走了。胖哥愣了。王奎走的时候，把小芳也带走了。

没几天，胖哥把代销点关了，也去外地打工了。

汤圆味道

老辛骑着电动车一头栽进路沟里，大家还没缓过神，老辛就在沟底捂着眼惨叫起来。鲜血顺着他的指缝流出来。大家纷纷跳进沟，有人打 120，有人给老辛老婆打电话。

正月十五这天，风很大，关庆心里刮满了水泥路上的浮沙和田野里的黄土，间或有几个花绿的垃圾袋裹挟其中。他把刚买的几袋黑芝麻汤圆扔在堂屋桌上，咚，声响震吓了床角的黄猫，喵一声溜了。扑通，院里扎着的电动车被风刮倒了，关庆懒得理，吐几口嘴里的沙土，骂，鬼天气。

关庆拿起手机，想给老婆娟拨个电话，找到号码，又觉得无趣，把手机扔到沙发上。看西墙上的挂钟，十二点多了。他一个人也懒得弄什么饭，打开电磁炉，下袋汤圆凑合一顿。水发出吱吱的声音，关庆捏捏口袋里的一万块钱，叹口气，嘟囔一句，这叫什么事啊。

煮好汤圆，关庆用勺子舀了一个放进嘴里，噗，他猛地吐出汤圆，汤圆在地上滚了几滚。家里的黑狗忙衔起来，没跑几步，黑狗就烫得汪汪叫，却舍不得吐，跑到大门口张嘴迎着风哈气。关庆笑了，笨狗。他骂完黑狗，摇摇头，自己摊上的事，也是很窝囊的。腊月二十八，关庆去镇上买鱼，他原本不想去买鱼，娟想除夕晚上清炖鱼吃。原先关庆买的几条鱼都炸了鱼块，没法清炖了。关庆去镇上鱼市挑好鱼，用塑料袋装了水，把鱼放进去，鱼噗噗嗤嗤打水。这时同村的老辛、新亮几个人走过来打招呼，他们也来补充年货。大家一起说笑着走，等都办完了事情，天快晌午了，老辛提议几个人一起晕晕。大家都附和。关庆看看塑料袋里的鱼，怕时间长了鱼死，他酒量又小，就说，不去了吧。老辛说，大家一年没见了，晕晕吧。新亮也说，把鱼和水倒我新买的瓷盆里，保证一个月也死不了。关庆只好同意。

找了家饭店，点了几个菜，要了两瓶酒，五六个人把酒言欢。吃喝好后，大家晕晕着一起回村。一顿酒下来，大家亲近了不少。平时都天南海北的打工，慢慢生分了，关庆暗说，真需要一起晕晕。走到马庄路口，向西拐弯，老辛骑着电动车一头栽进路沟里，大家还没缓过神，老辛就在沟底捂着眼惨叫起来。鲜血顺着他的指缝流出来。大家纷纷跳进沟，有人打120，有人给老辛老婆打电话。老辛被送往医院的第二天，一个消息在村里传播：老辛瞎了。接着和老辛一起喝酒的人都接到了老辛儿子的电话，老辛儿子说，老辛要不喝酒，就栽不进沟，栽不进沟就不会瞎，大家乡里乡亲，经法院丑气，一家拿一万私了，十五以前把钱送过来。

因为这事，娟埋怨关庆，年也过得没了喜庆。娟唠叨烦了关庆，关庆瞪眼回了几句，娟赌气回娘家了。关庆慢慢吃着汤圆，满嘴的苦涩。黑芝麻馅像中药般难下咽，关庆再吃不下，索性推了碗。

他揣着钱去了老辛家。进门看见老辛，站在堂屋中央，两眼蒙着白布，双手无助地在空中摸索，好像要抓住什么，却什么也抓不住。老辛老婆红肿着眼睛，呆呆地站在老辛身旁。关庆走过去，说，老辛哥。老辛好像没听见，仰着头，双手在空中乱抓。老辛老婆神情冷冰冰的，两行泪顺着起皮的脸颊流下来，一直流到满是水泡的唇边。关庆心一酸，落了泪。他不敢多待，放下钱，掏出事先写好的收据和新买的一盒印泥。老辛老婆木然地接过钱，摁了指印。

关庆从老辛家出来，心情很沉重，一个好好的人突然瞎了，每个人的明天多么难以预料啊。树上传来麻雀的叫声。关庆抬头，阳光透过一阵阵风，照耀着无叶的桐树，几只灰色麻雀在光秃秃的枝间嬉戏。关庆仔细地看了几眼欢跳的麻雀，脚步轻快地回家，感觉肚子很饿。

到家，他把剩下的半碗汤圆重新热了热。汤圆经过重新煮，吃起来又香又甜。关庆把最后一个汤圆放进嘴里，新亮来找他。说起老辛，两人都唏嘘，说起莫名其妙在一起吃的那顿饭，两人都感慨。最后说起了一万块钱，关庆嚼咽了一半的那个香甜汤圆在嘴里变了味，变得有点酸，有点涩，有点苦，有点……关庆直脖子把半拉汤圆吞进了肚里。

童　谣

小鸡嘎嘎，好吃黄瓜；黄瓜有水，好吃鸡腿；鸡腿有毛，好吃仙桃；仙桃有核，好吃牛犊，牛犊撒欢，撒到天边；天边打雷，打给石锤；石锤告状，告给和尚……

曾奶坐在村头的石碾上，我忙打招呼，她用手搭着凉棚，眯缝着眼睛笑着看我。

我的脑海里响起童谣：筛罗罗，打面面，俺问小蛋吃啥饭，擀面条，打鸡蛋，呼噜呼噜两三碗。这是我最初对曾奶的记忆。曾奶比我母亲小三岁，因为辈分原因，母亲喊她曾婶子。曾奶和我母亲要好，时常来我家玩，与母亲交流纳鞋底和做新鞋样。曾奶命苦。她嫁过来半年，曾爷就生病死了。曾奶长得好看，瓜子脸，白白净净的，身材高挑，曾爷没过三年，就有人来提亲。

曾奶脾气好，懂事理，村里人都喜欢她。她家地里有什么活，大家都愿意搭把手。曾爷还撇下个多病的娘，我喊作老奶，时常挂着拐棍去曾爷坟上，回来就站在村里痴痴地看小孩。一次，她冲我笑，说，小辉，喊我声奶。我喊，老奶。她说，不喊老奶，喊奶。我乖巧地喊，奶。她笑了，从口袋里掏几块水果糖，递给我，然后用衣袖抹眼睛。曾奶很孝顺她，这也是母亲和村里人敬重曾奶的主要原因。老奶也是善良的人，不拦阻曾奶再嫁。曾奶也愿意再嫁，但有个条件，就是男家娶她的时候，她必须带着老奶一起过去。这就有些难办了。谁家也不愿意娶女人再带个女人的婆婆。一来二去的，曾奶的再婚问题就搁下了。曾奶倒看得开，把和婆婆两人的日子过得有滋有味。

曾奶喜欢小孩子，特别喜欢我妹妹。自大妹妹出生，曾奶抱的时间甚至比母亲还多。夏天的黄昏，蜻蜓在金色的余晖里飞舞，妹妹坐在大树下的凉席上，曾奶逗着她玩。曾奶用左手拉着妹妹的胳膊，右手食指和中指拢在一起，点着妹妹的手心唱：打呱，摸明，这是坑，这是井，秃噜秃噜——到北京。唱到秃噜秃噜时，曾奶的手指顺着妹妹的胳膊点到她的脖颈里，妹妹怕痒，咯咯咯地笑个不停。曾奶看妹妹开心地笑，她也开心地笑，一遍又一遍不厌其烦地唱童谣逗妹妹。

我考上县重点中学后，离开村子住校了，一个月才回家两天，拿些生活费和换洗衣服。听母亲说曾奶相中了一个男人，是东村小学教语文的张老师。我见过他，文文弱弱的，戴着厚眼镜，一

遇见另一个自己

看就没力气，曾奶时常给他做好吃的送去，给他洗衣服、拆洗被褥。后来，张老师调到城里一所小学，娶了同校一个教美术的女老师。再见到曾奶，是个秋天的午后，她正收玉米回来，脸庞晒得黑红，很瘦。

　　冬天，曾奶去镇上赶集，回来的时候捡了个女婴。她给女婴起名笑笑，悉心养育着女婴，脸上整天都挂着笑。女婴长到两岁的时候，老奶去世了。曾奶给老奶做的寿材是柏木硬料，全套缎子寿衣，高搭了灵棚，丧宴上了鸡鱼肘子三大件，把老奶的后事操办得很隆重。

　　寒假我回村，看见曾奶领着笑笑玩。曾奶拍着手唱：小鸡嘎嘎，好吃黄瓜；黄瓜有水，好吃鸡腿；鸡腿有毛，好吃仙桃；仙桃有核，好吃牛犊，牛犊撒欢，撒到天边；天边打雷打给石锤；石锤告状，告给和尚；和尚念经，念给先生；先生打卦，打给蛤蟆；蛤蟆凫水，碰见老鬼；老鬼推车，推到河上沿儿，拾个小白孩儿。笑笑跟在曾奶身后，也拍着小手嘻嘻哈哈地唱。笑笑大眼睛圆脸蛋，长得喜艳艳的。听母亲说，老奶去世后，又有人给曾奶提亲，曾奶婉言谢绝，说是四十多了，没那个心思了。母亲却告诉我，曾奶是怕嫁了男人委屈了笑笑。

　　后来我外出求学，工作，时光快得像不经意乱翻的书页，远离了故乡的消息。从母亲电话里的只言片语里，知道了零星关于曾奶的事情。笑笑很有出息，师范毕业后在镇上中学教书，下了班就骑着电动车回家。笑笑的亲生父母来找过笑笑。笑笑不愿意见他们，曾奶好说歹说笑笑才见了亲生父母，笑笑不愿意跟他们走，还是跟了曾奶。村里人都说笑笑懂得报恩。

　　这次回村，在村头见到了曾奶。曾奶穿戴得整齐，耳朵上戴着金耳环，面色红润，坐在石碾上晒太阳。仲春的阳光带着花香，缓缓飘洒，灿烂而又温暖。

一小时多少钱

春妮面无表情，说，六哥，你是不是想给俺说话啊？方六说，这不是说着吗？春妮说，好啊，俺陪你站着唠嗑，一个小时十块钱。方六愣住了。春妮冷笑着走开。

方六吃罢饭，把货架上的货物整理了一下，春妮风风火火地跑进来说，六哥，俺家的电毁了，快去给俺看看。方六原打算整理好货架，去镇上进点烟和小孩子喜欢吃的袋装零食，顺便帮邻居西大爷买个水桶，买二斤肉，帮村头的红奶把洗衣机拉镇上修修，再帮后院的芳嫂子买袋面。看春妮急慌慌的，只好从工具箱里拿出电笔、钳子等跟着春妮去她家。

方六想不起来他从什么时候变得如此忙了，事情多得似永远也做不完，要是每天把干的事情用本子记，能记满一张。都是些针头线脑的小事情，琐碎得够呛，麻烦得迷头。更主要的是，这些事情大多与他无关，都是村里邻居们的事。可也没法不干，村邻们开了口，是看得起人，不帮忙，情面上过不去，帮忙吧，事情太多了，甚至忙不过来。村里四百多口人，事情极多。村里的青壮年都去外地打工了，把老弱病残丢在家里。方六三十八岁，正壮年，长得也人高马大，一把子好力气，要不是得了神经性腹泻，在家调理病，他也不会待在村里。他没法出去，他老婆随着娘家嫂子去温州一家电子厂打工去了。方六在家无聊，开了个代销点，补贴家用。村里谁家有什么需要帮忙的自然来找方六，开始方六很热心，很主动，慢慢有些拖延，有些拖沓，却没有什么办法拒绝。

他跟着春妮进了院子，闻见股皮子气，知道是电线烧坏了，进了堂屋才看见，原来是插板烧坏了。他用脚踢踢黑耗子般蜷在墙角的坏插板，说，需要换个新的。他到西屋拉了电闸，看车屋有个废弃不用的插板，用螺丝刀打开，检查了下，还能用，就拿到堂屋。用钳子剪掉烧坏的插板，开始往那个能用的插板上接线。其间，春妮慌着给方六倒茶，四处找香烟。等接好插板，从春妮家出来，一个多小时过去了。远远看见家门口有几个人等，以为是买东西的，到了近前，几个村人埋怨他，你干啥去了，俺家的抽水电机不出水了，你给看看去？芳嫂子说，等你帮俺买面吃，俺都能饿死。西大爷也说，等你小子帮俺买肉，中午指定吃不上了。还有些人家让帮着修电，让帮着修门，方六有些不耐烦，无奈地赔着笑脸，笑容干巴得像干旱的板结地。

方六心烦意乱地看手机上的新闻，看见条新闻，有个人陪留守老人聊天，一个小时二十块钱，竟然一个月挣几千块钱。方六灵机一动，写了张纸贴在门口，村里老奎头戴着花镜，读上面的字：请本人帮忙，一个小时十块钱。呼啦啦！请方六帮忙一个小时十块钱，消息风一样传遍全村。突然间，没有一个人来找方六帮忙了。几个女人结成了互帮组，有事情一起想办法办，办不妥从镇上高价请人。

方六忽然闲下来，心里空落了，他碰见春妮，忙打招呼，春妮，干啥去？春妮冷哼了一声，说，春妮是你喊的吗？喊弟妹。方六看她板着脸子，昨天帮她修插板时，笑成朵花儿呢。就有些生气，说，好，弟妹，干啥去啊？春妮面无表情，说，六哥，你是不是想给俺说话啊？方六说，这不是说着呢吗？春妮说，好啊，俺陪你站着唠嗑，一个小时十块钱。方六愣住了。春妮冷笑着走开。

方六的手机响，是老婆桂兰打来的，她生气地说，方六，你咋回事啊，你咋帮邻居忙还收钱了？你这不是让我没脸见人吗？方六说，你在电子厂一天多少钱？桂兰愣了愣，不清楚方六啥意思，就说，一天一百，你不是知道吗？方六接着问，一天上几个小时的班？桂兰答，八个小时。方六说，现在哪有白用人的，你一个小时，老板给你开十块多，我一个小时十块钱，不都一样吗，都是费了心力的。桂兰火了，说，能一样吗，家里和出来能一样吗，你脑袋被驴踢了，还是被铁门夹了，还要不要脸了？啪！桂兰挂了电话。

村里人都不理方六了，方六无奈，想了一夜。第二天一大早，他撕掉门口那张纸，主动帮老奎头修鸡圈。老奎头说，俺没钱雇你啊。方六笑了，说，都是开玩笑的，那天是愚人节，给大家开个玩笑，没想到都当真了。老奎头说，我说呢，你爷你爹都是好人，你咋这样子薄气，原来是开玩笑哩，以后不要弄外国那些稀奇的啥节了。方六说，是哩，是哩。

很快，方六又开始忙起来了。村里人来找方六帮忙，总要这样开玩笑说，方六，来十块钱的。春妮说的最大方，六哥，俺破二十块钱的。

安　妮

安妮腆着大肚子，回到娘家住，同父异母的哥不待见，后娘更不待见，她爹又不硬气。我问父亲，安妮为啥离婚？

遇见另一个自己

也不知道咋回事，我十五岁的时候，见到安妮就难受。也说不清到底哪里难受，反正就像害病，对了，和村西头的老黄生病时差不多。柳叶鹅黄，老黄生病了。我跟着父亲去看，老黄一会儿喊冷，要盖上三床棉被，一会儿又热了，脱得只剩下小裤衩。上年纪的人说，老黄中邪了。父亲对我说，老黄害疟疾。这忽冷忽热，颠颠狂狂的，和我的感觉差不多哩。不同的是，老黄的病是外在表现出来了，我的是内在的感受。为这点相同，老黄死后，我还偷偷去他坟头烧过纸呢，烧掉了我半本草稿纸。

安妮比我大三岁，不上学了，赶着几只羊，漫野跑。河坡绿色的草丛，几只白羊隐在里面。安妮穿着红衣裳，站着望河水。河水清澈，大大小小的鱼在柔曼的水草里嬉戏。我放学时，故意一个人走，拖拖拉拉着绕路，不管我是绕去北边的小路，还是绕到南边的斜路，其实都是为了看见安妮。见到她放羊，偷看几眼，然后冷着脸，浑身难受着，走过去。有一次，安妮跑到路上喊我。等我走近，她问，焦辉，能让我看看你的课本吗？我慷慨地打开书包，把中学课本拿给她。她摩挲着课本，轻轻地翻开书页，然后，眼泪一颗颗落下来。

安妮和我虽然一个村，但我们的村是大庄，一千多户，她住在村东头，我家靠西，根本没多少机会离这么近。远看安妮，高挑的身材，大黑辫子，鹅蛋脸庞，大眼睛。今天离这么近，我甚至能感受到安妮呼吸出来的热气，我背上全是汗。安妮不是很白，红扑扑的脸庞，小鼻子，小嘴巴，大眼睛。目光清澈得像村头的涡河水。突然，她哭了，吓我一跳。她喃喃地说，我多想上学啊。我愣住了。我讨厌上学。我不知该如何哄她，才能让她止住泪。我掏出个蓝皮的精美笔记本，说，我作文比赛得的奖品，送给你。

我回家问父亲安妮的事情。父亲告诉我，安妮的后娘不让她上学。我见过安妮的后娘，一个矮瘦的女人。再一次见到安妮的后娘，她在树林里拾柴禾，我偷偷捅掉了蚂蜂窝，把那个女人蜇得哇哇乱叫。当然，我也被蚂蜂蜇了。后来安妮去南方打工了，我考上了师范中专。

有次放假回村，听说安妮从南方回来了。我装作去孙庙，经过安妮家门口。院子里很多人，都围着一个女孩，女孩哈哈笑着说话。她的长发烫成了波浪，脸白得像一团雪。穿着红裙子，像误入尘间的仙子。我匆匆离开了。第二天就撒谎说和同学相约去少林寺玩，坐上了去学校的列车。安妮太好看了，这好看让我高兴又伤心。

寒假回家，父亲说我走后安妮来找过我。我忙问她来说了什么。父亲说，什么也没有说，就是问问你在哪里上学。这年春节安妮没有回来。安妮问了我的学校，她会不会来找我？我曾渴望了一段时间，觉得自己太傻了，还很可笑。后来听说安妮嫁人了。嫁给了北村一个养鸡大户的儿子。我分配到邻县的一所小学。

父亲来县城看我，说起村里的事情，我问安妮的事。才知道安妮离婚了。安妮腆着大肚子，回到娘家住，同父异母的哥不待见，后娘更不待见，她爹又不硬气。我问父亲，安妮为啥离婚。父亲说，听男方家的人说她出嫁时就怀孕了。我接口，那男人还娶？父亲说，当时男人也不知道，后来安妮肚子大了，男人不乐意了，就离婚了。我奇怪地问，男人做亲子鉴定了？父亲笑了，说，不用鉴定，闹出这事后，大家都知道男人原来是个"石头人"。石头人是我们家乡的土话，是说男人生殖器有大缺陷。我调动了工作，忙得乱糟糟的，很少回村。后来听说安妮没有再婚，把孩子送进了私人学校上学，学校管食宿，她又出外打工了。

转眼十多年过去了。我妻子很贤惠，可爱的女儿也上小学四年级了，父亲四年前搬来跟我们在城里住。初夏，因为宅基地的事情，

遇见另一个自己

我回了趟村里。在柏油路上碰见了安妮。如果不是她喊我，我不一定能认出她了。她停下三轮车，从车上跳下来，说，焦辉，你回来了？眼前的女人，短发，臃肿的身材，穿一件灰嘟嘟的大褂子，手很粗大，脸上有很多皱纹。三轮车上拉着新鲜的蔬菜，她说是去镇超市送菜。她把家里的两亩地全种上了大棚蔬菜。我们瞎聊了一会儿。我问，村里人现在都出外打工了，你咋回来了？她笑说，不回来哪行啊。孩子上初中了，爸妈也老了，都需要人照顾。我哥嫂常年在北京，我侄子也在北京上学呢。

又聊了一会儿，再也无话可说。安妮坐上三轮车，笑着说，焦辉，你送我的笔记本我还珍藏着呢。望着安妮开车走远的背影，很多往事悠悠地上了心头。我去村部办完事情，走在冷冷清清的村里。经过安妮家，我看见安妮的父亲和后娘了，他们穿戴很整齐，安详地坐在新楼的墙根晒太阳。

两个懒人

两村的人议论纷纷："真是啥人找啥人。"背背脸话就难听了："这叫屎壳郎不嫌屎臭。"村人不待见俩人，是因为俩人懒。在勤劳朴实的农人眼里，最容不得懒。这俩人不但懒，而且还懒出了不少幺蛾子。

唢呐嘀嘀哇哇，炮仗噼噼啪啪，迎亲的花车正把河西村西头的月芬往河东村东头的刘亮家拉。

河东村河西村中间横着条南北向的小河。两村的人议论纷纷："真是啥人找啥人。"

背后的话就难听了："这叫屎壳郎不嫌屎臭。"

村人不待见俩人，是因为俩人懒。在勤劳朴实的农人眼里，最容不得懒。

这俩人不但懒，而且还懒出了不少幺蛾子。

刘亮高中毕业后，向他爹刘老汉要桃园。刘老汉牛眼一瞪："好家伙，没拉一天套，就要分老子的家产。没门。"刘老汉害怕刘亮没管理过桃园，弄砸了，这五亩桃园可是家里收入的顶梁柱啊。刘亮看爹不同意，就不下地干活。他订了几份报纸，没事沏壶茶，坐在院里的大桐树下边喝边读，还弄个横笛坐河边吱吱呀呀地吹。

刘老汉无奈。问："亮，桃园要给你，你咋管理？"刘亮说："我雇你管理啊。"刘老汉愣住了。刘亮忙说："你当技术员，我给你开工钱。还不耽误你在柿子园干活。明年柿子园我也要了。"刘老汉气得一脚踢翻了桌子。刘亮撒腿跑了。

桃子熟了，刘老汉忙得脚板不连地，刘亮却不帮忙。柿子熟了，刘亮还是不帮忙。村里人摇头叹气，很同情刘老汉。冬天了。村里人打工的打工，贩菜的贩菜，都不闲着。刘老汉也去村建筑队干活挣钱。刘亮还是读读报纸，喝喝茶，没事在河边走走，吹吹笛子。

有见识的人向刘老汉建议，说捆着好挨打，给刘亮寻个姑娘结了婚就好了。刘老汉觉得有道理，再说刘亮年纪也不小了。刘老汉让老婆四处托人，给刘亮说媒。哪知媒人刚一提河东村的刘亮，女方就不乐意了，有次差点被轰出门。原来一年不到，十里八村都知道了刘亮的懒。谁家闺女愿意嫁给个懒汉啊？真是好事不出门，坏事传千里。

遇见另一个自己

　　月芬比刘亮早一年高中毕业，回村后也是不下地干活，不出外打工。用筷子和小钢片，打磨出几把大小不一的刻刀，把鸡蛋敲破，弄出蛋清蛋黄。在蛋壳上用铅笔画好图案，再用刀雕刻。鸡蛋用完了，就用鸭蛋，鹅蛋。她爹娘骂她，打她，无济于事。月芬早就懒名远播了。

　　有人想，不是一家人不进一家门，要是这两个懒人成了一家，啧啧，哈哈……

　　刘亮的懒，他爹妈伤透了心；月芬的懒，她爹妈有苦难言。

　　两个懒人被撮合着一见面，嗨，挺谈得来，这婚事就订了。春回大地的一个吉日，俩人结婚了。

　　刘老汉提出分家，有心难为下俩懒人。刘亮还是要屋后的果园，说雇刘老汉管理，开工钱。刘老汉答应了。看着果园，不让刘亮毁坏了果树，什么工钱，刘老汉可不敢想。

　　有几辆小轿车停在刘亮家的果园旁。桃花含羞欲放。车里下来的男人、女人与孩子，满脸笑容，兴奋得不停拍照。刘亮说："大家开始认领了啊。"很快，几棵桃树名花有主。接下来的几天，小轿车络绎不绝。刘老汉望着每棵桃树前都竖了个写有名字的小木牌，有些丈二和尚摸不着头脑。

　　刘亮笑着说："爹，一棵桃树 1000 元，认领的人周末会来帮忙干活，你指导指导就行了。桃子熟了他们来摘了拿走。"刘老汉牛眼瞪得像铜铃，半天没回过神："我的天，一棵树的桃子 1000 块，还来帮忙干活。这些城里人难道是傻子？"

　　月芬需要大量的鸡蛋。刘亮买了几百只鸡，放养在柿园里。月芬雕鸡蛋壳累了，就去柿园收收鸡蛋，换换饮水器里的水。这些鸡吃虫子、草籽，不喂饲料，绿色天然，没到年底，就被县里、镇上的人争相出高价买走了。

县里来人报喜。月芬的蛋雕作品荣获"全国民间手工艺品博览会"银奖。

刘亮开着新买的小轿车，带着月芬去北京领奖了。

河西村河东村的人纷纷说："这俩人，真中！"

冬至的饺子

刘婶望着堂屋桌子上三个大圆月亮，露出了笑容。她一屁股坐进藤椅里，浑身散了架似的。她望了一会儿三个圆月亮，眼泪流下来。

刘婶起了个大早，去九里外的逊母口镇赶集。回来时电动车篮子里放着新鲜的羊肉、猪肉，优质的干姜，还有些水果。

刘婶刷干净了案板，在磨刀石上用力磨了菜刀。开始剁肉馅。"咚，咚咚"，先细细地剁好了羊肉，盛进个白色瓷盆里；再细细剁好了猪肉，盛进蓝色瓷盆里。在面盆里和面时，往面粉里加进了几个鸡蛋，这样，面才筋道，有营养，包的饺子不易烂。

刘婶在围裙上擦着手，站起来，用力捶捶腰。走到院外的菜园里，在香椿树下找到铲子，铲了一大把水灵灵的葱，两棵大白菜。白菜只用鲜嫩的菜心，葱只用葱白。细细地在清水里洗。

今天是冬至。刘婶的老伴在北京工地干活，过年才能回来。但儿子要带着媳妇从城里回来呢。刘婶脸上溢满开心的笑。

阳光柔柔地落下来，小院里像开满了无数朵灿烂的花。

刘婶把案板上剁碎的白菜、葱、姜，分成等份的两堆。其中一堆撮进蓝瓷盆的猪肉里。把白瓷盆里的羊肉倒在案板上，用刀剁着

遇见另一个自己

掺进菜里。这样剁出来的馅才腻糊，包出的饺子才好吃。"咚，咚咚"，羊肉馅剁好了，刘婶用菜刀铲起馅，看看，满意地点点头，然后抱羊肉馅铲进了白瓷盆里，再把蓝瓷盆里的猪肉和菜倒在案板上，接着剁。忙完了这一切，刘婶累得直不起腰。

刘婶歇息了一会儿，拿出调料，一边调馅一边尝，反反复复了好多次，终于调好了饺子馅。满意地点点头，开始擀饺子皮。先包羊肉馅的。刘婶的手巧，包出的饺子像一个个胖嘟嘟白粉粉的月牙。月牙一圈圈摆在苇杆编织的圆形锅盖上，组成了一个圆月亮。再包猪肉馅的。又一个个月牙一圈圈地摆好了，又组成一个圆月亮。刘婶用力捶着僵硬的腰，额头布满了细密的汗珠。神情很自豪。刘婶的儿子最爱吃她包的羊肉馅饺子了，一次能吃两大碗。刘婶不知道媳妇红叶爱吃什么馅的，就准备了两种馅。

忽然，刘婶的心突突猛跳了几下，脸上的皱纹里满是忧愁。要是红叶两种馅的都不爱吃咋办？她想，城里的姑娘都不大喜欢吃肉啊。刘婶在院子里转了几圈，一拍脑袋，骂："真是个老糊涂。"

刘婶慌忙去菜园，割了几大把塑料薄膜盖着的韭菜。不大会儿，厨房"哧哧啦啦"响着的炒菜锅里，飘出鸡蛋和韭菜的香味。很快，一锅盖韭菜鸡蛋馅的饺子包成了。刘婶望着堂屋桌子上三个大圆月亮，露出了笑容。她一屁股坐进藤椅里，浑身散了架似的。她望了一会儿三个圆月亮，眼泪流下来。老伴在北京工地上，能吃口饺子吗？今天可是冬至啊。

今天的天气很好，儿子和媳妇一定会回来。几天前就说好了的。

刘婶看时候不早了，进厨房，开始烧水。这样，儿子媳妇一回来，就可以下饺子吃了。

"妈。"随着甜脆的喊声，媳妇红叶走进院。红叶一把拉住刘婶的手问寒问暖。刘婶心花怒放。虽然红叶和儿子在县城结完婚没回来过，但见面这么知道亲，不嫌弃乡下的婆婆。真是个好姑娘。儿子拎着大包小包跟在红叶身后。

红叶拿出几袋饺子，说："我最爱吃这个牌子的冻饺了，八宝馅的，香菇馅的，海鲜馅的，都很好吃。"刘婶吃了一惊，忙说；"饺子都包好了，看——"手指向三个圆月亮。儿子说："娘，你包的饺子放冰箱里，留着自己吃，红叶，还有我，最爱吃那种冻饺了。"

刘婶不敢再说什么，慌忙接过红叶手里的饺子，去厨房。

饺子在锅里翻滚着，刘婶的眼泪一串串地落下来。堂屋里看电视的儿子和媳妇嘻嘻哈哈地说笑。

刘婶端着饺子进堂屋，那三个大圆月亮已经不见了，大概被儿子放进冰箱里了。桌子上摆着儿子带回来的几个精致的小菜。

红叶一边吃饺子一边问："妈，快吃吧，这种饺子都出口到国外了。"

刘婶笑着夹起一个饺子，放进嘴里，嚼了嚼，又苦又涩又酸，但她一口吞下肚，连声说："好吃，好吃。"

夏天的下午

桂兰表姐拧开了药瓶，问："你说？"大鼻子有些胆怯，也许是热昏了脑袋，脱口而出："有能耐你就喝！"桂兰表姐像喝矿泉水一样，对着药瓶咕嘟嘟喝了半瓶。

夏天的这个下午，极热。狗吐着长舌头，爬到瓦盆前，吧唧，吧唧，

遇见另一个自己

喝两口水，爬回墙根卧下。刚卧下，又爬去瓦盆前喝水。周而复始。

大鼻子光着膀子，生着闷气，见黑狗在院子里瞎折腾，骂："傻球！"电风扇嗡嗡嗡，一阵阵风，像灶火里的热浪，扑过来又扑过去。

大鼻子的老婆，名叫桂兰，是我的远方表姐。我见过她几次。矮个子，粗壮，红脸，短发，大眼，厚嘴唇，皮肤黑。她能扛着一百多斤的粮食袋子，走得虎虎生风。

我最后一次见到她，她躺在一个水晶棺里，像块凸凹不平的石头。水晶棺里装饰了很多好看的塑料花。水晶棺其实就是一个玻璃棺材，像冰柜一样能制冷，使人的遗体可以多在人世间弥留几刻。供亲人深切缅怀，或者因种种原因不能入土为安。我的桂兰表姐属于后者。

大鼻子骂完狗，看着桂兰表姐健硕的身体慢腾腾地从竹子床上坐起来，惺忪着睡眼，挂着亮晶晶的口水，摇摇头，接着生闷气。他生闷气是因为他爹，一个佝偻着腰干干巴巴的老头。

老头把六棵大杨树分给了二儿子，因为二儿子生了俩儿子。老头把两棵歪歪扭扭的桐树分给身为长子的大鼻子，因为桂兰表姐生了俩闺女。桂兰表姐不是善茬，为这事没少和老头吵骂。大鼻子结扎后，对一辈子没有儿子的现实无奈地接受了。不过，那两棵歪桐树，让大鼻子没法不生闷气。

刚睡醒的桂兰表姐看大鼻子摇头叹气的样子，伸手抓住他硕大的鼻子，拧了一把。搁以往，也没什么，这个大肉疙瘩没少被拧。但这个夏天的下午，天热得出奇。大鼻子的鼻子火辣辣地疼，心头呼呼地起了火。他猛地起身，劈头打了桂兰表姐一拳。桂兰表姐愣了三秒钟，大吼一声，扑向大鼻子。

左邻右舍冒着酷暑来了，拿着扇子或者破纸板，扇着满脸的汗水，七嘴八舌地劝架。

大鼻子和桂兰表姐在烈日下的院子里翻滚，厮打，辱骂，两个人的衣裳被撕烂了，露出紫红的肉。

有女人同情地小声说："看看，不会生儿子是什么下场。"有男人不屑地小声说："一个老爷们还搂不过女人。"有人劝："算了，算了，天这么热，别中暑了。"

桂兰表姐没有力气了，但心火还旺盛，转身去西屋拿出瓶农药，看着大鼻子问："大鼻子，还过不过？"大鼻子吓了一跳，但并不服软，也感觉桂兰表姐不会真喝，俩口子斗个架，在村里不算个啥事。

桂兰表姐拧开了药瓶，问："你说？"大鼻子有些胆怯，也许是热昏了脑袋，脱口而出："有能耐你就喝！"桂兰表姐像喝矿泉水一样，对着药瓶咕嘟嘟喝了半瓶。人们一下子都傻了。回过神，又都疯了。七手八脚把桂兰表姐抬上架子车，冲出院，跑上黄土路，一时尘土飞扬。大鼻子连惊带吓，也可能中暑了，扑通倒下。又是一阵喧闹，又一辆架子车疯牛般冲上黄土路。那条黑狗，把嘴伸到面前的药瓶前，吧唧吧唧，舔了几口农药。

桂兰表姐就这样死了。

我的远房姑父，桂兰表姐的爹，联络了所有能联络的亲戚，拉着水晶棺里的桂兰表姐，拎着木棍，铁锹，粪叉等浩浩荡荡地进了大鼻子和桂兰表姐曾经的那个家。先把水晶棺放进堂屋，通上电，制了冷。然后开始砸，砸所有能砸的东西。我没砸，好奇地望着院子里那条不停旋转的黑狗。黑狗中毒后就开始这样不停地转圈。

那个夏天的下午，的确出奇地热。村里人议论说。

月　蚀

红菊说，爸，妈，不用忙了，吃过饭，还要给玉米苗追化肥呢。婆婆看几眼公公，公公看几眼婆婆，两位老人露出欢喜。儿子判了四年，儿媳妇真要走，也张不开嘴留啊，儿子干了不是人干的事。

红菊听见空气中有一种嘈杂的嗡嗡声，玉米苗刚钻出地面，翠绿得可爱。嗡嗡声尖锐起来，像金属片划过大理石，吱吱，嘶嘶。红菊的头沉了，像戴了铁箍。她用手捂住耳朵，尖锐的声音还是震得耳膜生疼。这声音是从哪儿发出的？红菊一跺脚，眼泪扑簌簌地掉下来。

六柱当汉奸了。卖了祖宗！卖了灵魂！丢万辈子的人啊！红菊站在旷野里哭了一会儿，还是不相信六柱当汉奸的事实。现在是和平年代，挣钱的路有千万条。种地也好，打工也好，总能把日子过下去。就算日子到了过不下去的地步，也要凭力气凭汗水硬着骨头活下去。这个不争气的男人，红菊想到这里，牙齿咬得咯嘣响。她回头望望村子，阳光下的房子、树木、干柴垛都了无生气。田地里燃烧着一行行绿色的火苗，几只灰色麻雀跳来跳去。今年种玉米的时候下了几场雨，玉米苗出得齐。

红菊转身回家，端面盆和面。婆婆夺过面盆，说，菊，俺来干。院子里晾晒着刚洗好的衣裳，花花绿绿的。公公推着电动车进来，带着箱花牛苹果，说，菊，你爱吃的花牛苹果。婆婆说，是哩是哩，菊还爱吃柚子，你咋没买点？公公卸下苹果，说，俺这就回镇上买。红菊说，爸，妈，不用忙了，吃过饭，还要给玉米苗追化肥呢。婆婆看几眼公公，公公看几眼婆婆，两位老人露出欢喜。儿子判了四年，儿媳妇真要走，也张不开嘴留啊，儿子干了不是人干的事。

村里人开始的时候，见到红菊一家人都像不知道六柱出了事。背后却免不了议论，议论着议论着感觉红菊太正常了，就有些难过。难过了一些时日就有些愤愤然了。这女人也太那个了。到底那个呢？又都说不太清。

现在的人，不都是金钱至上吗，做什么事情都先想着有没有利可图。有年国道上修桥，很多外地车从村里小柏油路上过，大家不都轮流收过路费吗？村头的小毛，故意在路上摔瓶子，放钉子，弄破过路车的车胎，再联系镇上补胎的老刘，高价补胎，俩人六四分成。听说六柱背着相机到一些什么什么地方偷偷拍些照片，就有大把的钱。可是话说回来，再想挣钱也不能当汉奸卖祖宗啊？村里人看着红菊该吃就吃该喝就喝该干活就干活，心里冷笑了，最起码也要大哭几场，最起码也要弄出些响动，咋就这么平静呢。大家慢慢地脸上也冷笑了。见到红菊一家都背过头去。

红菊教书的父亲郑重找女儿谈了次话，大意是劝红菊回娘家，红菊不说话。老教师发火了，颤抖着手拍了桌子，红菊说，我一次也没去看他，我等他回来问他句话。老教师摔了茶杯，说，问个屁，滚。红菊长这么大，第一次听见父亲说脏话，她咬破了嘴唇，跑进夜色里。

六柱回来那天，红菊站在村口的桥上等。月亮圆圆地悬在夜穹，银色的月光清凉皎洁。红菊听脚步声近了，扭头，辫子甩起来，把月光弄乱了。

红菊，我回来了。

嗯。我问你句话。你可要说实话。

好，我一定说实话。

你干那种事是被骗的，还是开始就知道？

我，我开始就知道，我想挣钱，让你和爸妈享福。

夜色突然暗了，月光转眼消失了，天上的月亮像浸满了鲜血。

红菊，这月亮咋了？

月蚀。

六柱靠近红菊，想抱抱她。红菊轻轻躲开了。

红菊说，你回来了，两位老人有依靠了，我们离婚吧。

红菊，你要原谅我，我——

你犯的错我没办法原谅。红菊说完，转身走了。

窗帘上的游戏

吃过早饭，薛姨换好窗帘，开始在窗帘上玩写字游戏。写一遍，再写一遍，写得眉开眼笑。走出家门，找人唠唠嗑，给花啊菜啊浇浇水，围着翻盖的新房子转一圈，微笑着回家，关上门，玩窗帘上的游戏。

当家里没人的时候，薛姨会藏到窗帘后面，在窗帘上玩一种游戏。

站在窗帘后面，让窗帘和脸若即若离，伸出右手食指，在窗帘上写字。薛姨玩这个游戏的次数比门口那棵杨树的叶子还稠。她在窗帘上一遍遍写，"刘大梁"。薛姨没有读过书，在窗帘上写的这三个字是丈夫教她的。过了几年，她在窗帘上写"刘大梁"后，再写"刘铁蛋"。"刘铁蛋"三个字是儿子教她的。

薛姨家的窗帘每天更换。晴朗的日子，薛姨会把一大叠换下来的窗帘洗干净。先用肥皂揉洗三遍，再用清水冲洗三遍，搭在细竹竿上，在灿烂阳光下晾晒干，收叠好，准备更换窗户上的窗帘。

薛姨要学写的字渐渐多起来，"刘大梁""刘铁蛋""刘振国""田麦花""刘小宝"。她不明白儿子刘铁蛋为什么把名字改成刘振国，这样也好，这样在窗帘上玩游戏时，就多写下一个名字，就多增加了几分乐趣。田麦花是薛姨的儿媳妇，刘小宝是薛姨的孙子。薛姨伸直指头在窗帘上写这串名字时，脸上挂着满足的笑容。

薛姨的丈夫因病离世了，薛姨玩游戏时，每次写到"刘大梁"，好像丈夫没有离世，还叼着烟卷在人堆里下象棋，或是把着鹌鹑在地头溜达。

刘小宝长到五六岁，薛姨有了大把大把的时间玩游戏。儿子和媳妇很争气，在南方一家工厂扎了根，把小宝也带去上学了。儿子和媳妇劝薛姨跟着他们去南方，孙子也拽着她的手撒娇，奶奶，跟我们去南方嘛。薛姨很欣慰，欣慰得眼睛溢满泪花。她摇摇头，她舍不得睡在地里的丈夫，舍不得融进血脉的家。

吃过早饭，薛姨换好窗帘，开始在窗帘上玩写字游戏。写一遍，再写一遍，写得眉开眼笑。走出家门，找人唠唠嗑，给花啊菜啊浇浇水，围着翻盖的新房子转一圈，微笑着回家，关上门，玩窗帘上的游戏。

邮递员喊，家里有人吗，领汇票。薛姨正在屋里玩窗帘上的游戏，玩得陶醉。邮递员站在门口又喊，薛姨，领汇票。薛姨回过神，答应一声，走出屋开大门。邮递员递过来一张汇票，说，两千块呢，南方电子厂汇来的。

薛姨接过来，横看，竖看，嘴里嘀咕，儿子给我钱都寄到银行卡上，这是谁寄的钱。邮递员斜着身子，看着汇款单附言念，公司奖励，幸福晚年红包。薛姨茫然地看邮递员。邮递员解释，是你儿子上班的公司奖励的，这说明你儿子在公司干得好啊，南方很多公司都有这样的福利，偷偷给优秀员工的家人寄礼品寄奖金。薛姨明白了怎么回事，笑的嘴合不拢了。

邮递员说，大妈，签个字。说着打开一个硬皮塑料夹，递给薛姨一支笔，指着打印纸上的一行字。薛姨拿着笔的手微微颤抖，问，写啥？邮递员敲敲白纸，签名字。薛姨松口气，写名字我会。

薛姨攥紧笔，唰唰唰，像在窗帘上玩游戏一样，转眼间写下了"刘大梁""刘铁蛋""刘振国""田麦花""刘小宝"，字体飘逸。

邮递员笑了，大妈，要签你的名字。

我的名字？

是啊，就是汇票上收款人的名字：薛姨。大妈，你的字写得真漂亮。

薛姨攥笔的手再次颤抖，脑门出汗了，窘迫地望着邮递员，我的名字，我，我不会写。

借 车

花强赢了一次酒，开心地笑起来，说，哥几个谁用车，随便用，我的车虽然档次不高，也能撑撑门面，都不要跟我客气。

刘四不想借花强的车，不借好像对不起花强。

几个人年三十喝闲摊子酒，花强来得晚，进来把一瓶酒撅在菜盘间，来，哥几个，尝尝咱这酒。嗜酒如命的老黄推开已经启开盖子的酒，伸手把花强的酒拿起来，反复看，喉结上下动着。大家立即明白，花强的酒是价格昂贵的好酒。

酒酣的时候，刘四闲说了句，初二走亲戚真麻烦。刘四老婆的娘家有七八十公里，他没有车。老黄说，刘四，你要不嫌赖，开我的面包车去。花强啪啪击了两掌，人们都转头看他。花强清清嗓子，刘四，开我的车去，档次不算高，也能帮你撑撑门面。花强过年回来开的是几十万的轿车。刘四忙说，不用，不用，谢谢强哥，我还是开老黄的吧，你也要走亲戚。花强说，我初三走亲戚。花强丈母娘去年去世的，按风俗初三去。

刘四不想借花强的车，那么昂贵的车，怕有什么闪失，就摇头摆手。

花强猛地站起来，脸红了，脖子里的青筋像肥胖的蚯蚓。咋，看不起你哥，你哥的脸啪叽掉了，你不伸手接，非掉地下你才乐意？

刘四惶恐了，忙说，不是，不是，我，我——

我什么，我的东西就是哥们的东西，呵呵，老婆除外啊。

花强俏皮的话惹来阵笑声。

花强摸兜，要把车钥匙给刘四，摸了几下，没摸到，说，没带，明天给你。

刘四很感动，和花强碰了几杯。回家胃里难受了半夜，心里舒坦。

刘四初一碰见花强，花强忙摸兜，说，没带车钥匙，明天到家里直接开车。

刘四把借车的事跟老婆说了，老婆也很高兴。有车开，就不急慌了。初二，刘四吃过早饭，去花强家。刘四喊着，强哥，强哥，走进院。一辆豪华轿车停在院中央。花强老婆应着声从屋里出来。

刘四说，新年好啊嫂子，强哥呢？

兄弟新年好，花强一大早就不见了，没说去哪里，手机也没带。

遇见另一个自己

　　嗯，嗯，嫂子，那，那强哥有什么东西留给我没有。刘四说着看了轿车几眼。

　　留东西？什么东西？我不知道啊？

　　阳光照射在轿车上，散发明亮的光芒，耀得刘四眼前发花。

　　刘四转身走。到了院门口，扭头问，嫂子，轿车钥匙在家吗？

　　我找找看。

　　刘四第一次发现太阳走得那么快。接着发现冬天的阳光也很热辣，直辣得脸生疼，脑门也浸出了汗水。不能再等了，刘四连忙告辞。

　　刘四不敢回家，车没借到，又耽搁了很长时间，再骑着电动车到镇上搭车，车再走走停停的，到丈母娘家早过晌午了。他乱走了几步，想起老黄。老黄也是初二走亲戚，不过丈母娘家近，两里多地。

　　刘四跑到老黄丈母娘家，借了老黄的面包车。回来经过一个十字路口，车堵成了一片。他掉头绕路，远了些，路况好，能赶时间，最起码能消除堵车的煎熬。

　　经过马庄，靠路的小饭铺传出了划拳声。刘四看看手机，快十一点了。他把脚放在油门上，却没踩下去。他听出划拳声很熟悉。仔细听，原来是花强。花强赢了一次酒，开心地笑起来，说，哥几个谁用车，随便用，我的车虽然档次不高，也能撑撑门面，都不要跟我客气。昨天发小刘四借我的车，跑了一天，油都没让他加。花强还在说什么，刘四已经没时间听了。

第三辑　另类表达

　　本章选取的一组小说，多是个性化小说，有武侠，有意思流，有魔幻，小说用不同的视角和表现手法揭示出生活的厚重和人性的复杂，带给你全新的观念和对人生的另类理解，这组小说从建构上能看出作者对文本的探索和实践……

一只怪异的猫

　　3又开始找那把锤子。忽然院子里传来"咯咯吱吱"的声响。猫开始香香甜甜地吃青菜，津津有味地吃红萝卜。怎么能这样呢？

　　薄暮时分。猫又出现了。

　　3用脑袋碰墙壁，和着咚咚的节奏，猫在院子里蹦蹦跳跳。

　　猫怎么能像兔子一样跳来跳去呢？ 3问5。

　　5笑笑，拉起他，走向大街。3说，你以后别来找我了，连猫都像兔子一样走路了，它很快就会吃红萝卜、青菜叶的。我找不到那把锤子了。5点完菜，说，找不到，就再买一把。3吓了一跳，瞪了眼说，那怎么行？

遇见另一个自己

吃完丰盛的饭。5拉开钱包,一张张血红的钞票,像兔子的红眼睛。3悲哀地闭上眼。说,你总是这样。

从小到大,每次3和5在一起,都是5花钱。5小时候就很有钱。长大了的5更有钱。3小时候就没钱。长大了的3更没钱。梦选择5,好像花选择春天,兔子选择青菜,猫选择老鼠。3做梦都想找一次付钱的机会,但5从不给他。

3整夜在空荡荡的房子里找那把锤子。猫整夜在湿漉漉的院子里蹦蹦跳跳。

那把锤子到哪里去了呢?

一把小巧玲珑的锤子,光滑的槐木锤柄。锤子呈黑色,一头扁,一头方。它正在一个高大的男人手中,高高扬起。3站在窗外。雨声凄厉。锤子划破空气,砸在一个脑袋上。暗淡的灯光,腥香的酒气。锤子上沾了几绺细长的头发。一夜间。3失去了母亲,失去了父亲。3听见了一声诡异的猫叫。父亲不在家时常来找母亲的那个白净的叔叔,再没来过,再没送过3连环画,还有大白兔奶糖。

梦说,3,我是爱过你,但是,我想过更好的生活,所以,我爱上了5。梦还说,谢谢你把我从河里救起来,我会让5给你找份体面的工作。

3没有找到锤子,猫也没有吃院角的那堆青菜和红萝卜。3找到了500元钱。钱币上长了一层绿莹莹的霉毛。

3走到门口,看见5走过来。

3说,我正想找你。

3和5走进饭店。3生疏地拿起了菜单。桌上很快摆满了花花绿绿的菜肴。梦也来了。5和梦快乐地交谈。3望着窗外,忽然吃惊地张大了嘴巴。那只黑色的猫,在阳光照得白花花的大街上,像只兔子般蹦蹦跳跳。还不时探起身体，用蜷缩的前爪，挠蒜瓣嘴。以前这只猫都是薄暮时分才出来，现在，光天化日也敢出来了。5说，明天我和梦结婚。3一直盯着窗外大街上那只怪异的猫。

3终于抢先付了饭钱。3看着收银员收钱，浑身哆嗦，满脸通红。走出饭店，那只猫不见了。5把手插进3的口袋。说，3，还你刚才的饭钱。3猛然站住，5放进来的几张钞票割破了3的衣服，割开了3的肚皮，割断了3的肠子，剧烈地疼痛，电流般传遍全身。5和梦勾肩搭背走远了。3站在太阳下，冷汗淋漓。那只黑猫，蹦蹦跳跳地出来了。

3又开始找那把锤子。忽然院子里传来"咯咯吱吱"的声响。猫开始香香甜甜地吃青菜，津津有味地吃红萝卜。怎么能这样呢？怎么会这样呢？3面如土色无可奈何地用脑袋撞墙。撞得眼前黑了暗了，才罢休。3昏昏沉沉，脚下踩着棉絮，忽然看见了锤子光滑的手柄。手柄从那堆青菜和红萝卜里探出来。3跌跌撞撞地跑过去，从菜堆里抽出锤子，欣喜若狂地翻来覆去地看。猫吃青菜、红萝卜的声音越来越大，最后如同暴雨里的炸雷。3举起锤子，狠命地砸向那只怪异的猫。

喵——

一声凄厉的怪叫。3似乎听见骨头碎裂的声音。

猫不见了，3四下找。没有找到。忽然，3看见自己脚面上有个破洞。3莫名其妙地望着鲜血像一条蛇从洞里钻出来。那只猫又出现了，猫嘴里衔着半根透明的红萝卜蹦蹦跳跳地跑去大门外。

3攥紧锤子紧紧跟着。猫小心翼翼地走在路灯的暗影里，拐了几个弯，进了一户人家。3跟进去，看见猫跳到了床上，咯咯吱吱地啃红萝卜。3悄悄走近，高高举起锤子，砸向猫的脑袋。猫像兔子般跳起来。3又往猫的脑袋上砸了几下。猫安静了，乖乖地卧着。

3借着窗外的路灯，看见5安静地躺着，脸上爬满红色的小蛇。猫哪里去了？3的嘴巴里"喵"了一声，3恍然大悟。3高高举起锤子，把扁形的锤尖对准自己的太阳穴，使出浑身的力气，狠狠地砸去……

屋里飞进来一只鸟

几个人笑起来，说，王三，想哥几个聚聚直说，还弄个什么捞网，现在还装傻，哈哈。

王三也哈哈笑了，说，其实就是想哥几个聚聚。

王三打开房门，站在院子里望天，天上没有一丝云。王三转身回屋的时候，听见一阵扑棱声。一只鸟飞进了屋里。

这是三间新建成的瓦房，蓝瓦红砖，门窗散发出新鲜的油漆味。这只鸟很漂亮，王三长这么大也没见过这种鸟。羽毛是淡黄色，爪子和喙是乳白色，比斑鸠略大些，黑眼珠亮晶晶地闪着光。王三很想抓住这只鸟。他急忙关上门窗，跳着脚大喊大叫。鸟受惊后，在空荡荡的房子里乱飞。王三想等这只鸟累了，无力飞了，自然会落下来，伸手就能抓到。

王三累得嘴角流出白沫，站在檩条上的鸟低头看着他鸣叫了几声，悠闲地梳理羽毛。他忽然明白他是多么傻。必须要弄一根长棍子，然后用铁条做个圆环，再弄个网兜穿在铁环上，绑在棍梢，做成一个捞网模样的工具，才能抓住这只鸟。听鸟鸣叫，很是婉转清脆，说不定是种什么名贵的鸟。

　　王三到院子里找长棍子，没有一个合适的，要么太短，要么不合手。他转了一圈，发现院外的杨树上有一根纵生的枝条，笔直光滑，粗细合手，足有一丈多长。王三高兴了。家里没有锯，只好去村东头的李木匠家借。

　　听说借锯，李木匠二话没说就把新买的锯拿给王三。两个人平时关系很好，王三新建房子的木工活都是李木匠干的，还帮忙油漆了门窗。王三说，李哥，中午去我家喝酒。李木匠问，有事？王三说，没事。李木匠摇摇头，不去，我忙。王三急了，说，李哥，我想从杨树上锯根木棍，我爬树不行，也锯不好，需要你帮忙。李木匠说，那好，我去。

　　出门碰见马五，马五一手拿铁条一手拿钳子。王三笑了，这不是瞌睡给枕头吗？说，马哥，帮着捏个圆环。马五问，干啥？王三说，做个网兜子。马五说，正好，我家还有破纱窗，直接给你做就行了。王三说，那敢情好。马五问，李木匠你干啥去？李木匠说，帮王三爬树上锯根木棍。王三说，马哥，你拿着东西一起来，我请李哥喝酒，你作陪。三个人说笑着到了王三家。王三指指杨树上那根树枝，说，锯下来后把网兜绑上。说完他去西村买酒菜去了。

　　王三从西村回来遇见堂兄。堂兄问，王三，家里来客人了？王三说，没有，是李木匠和马五。说着他举举手里的酒菜，哥，一起吧。堂兄说，好，我先把卖玉米的钱送回家。王三到家，看见李木匠和马五说话。李木匠拍着油漆未干的门说，这门做得板正吧。马五斜着眼睛瞅屋角，说，盖房时这个角是谁垒的，跑线了。王三把酒菜搁桌上，堂兄也来了，怀里揣着两瓶酒，说，玉米涨了两分。几个人坐好，吃喝起来。

　　吃喝了一会儿，堂兄问，哥几个今天怎么想起来聚聚啊？又说，明天来我家聚聚。李木匠说，来帮王三锯木棍的。马五说，帮王三做网兜的。马五转头问王三，你做个捞网干啥用啊，东河里早没鱼了。王三愣了一下，问，什么捞网？李木匠指着院里那个新做的捞网说，你忘了？王三"啊、啊"着拍了几下脑袋，说，看我这记性，做捞网不是捞鱼，是逮鸟呢。

鸟，逮什么鸟？李木匠、马五、堂兄问。

鸟！王三猛然站起身，望望屋顶的檩条，望望大开的窗户，望望大开的门，一句话也说不出来。

几个人笑起来，说，王三，想哥几个聚聚直说，还弄个什么捞网，现在还装傻，哈哈。

王三也哈哈笑了，说，其实就是想哥几个聚聚。

酒场散了，王三站在院子里望天，天上还是没有一丝云。王三摸摸新做的捞网，想，屋里还会飞进来一只鸟吗？

阳光里的猫

女孩大声说："你真讨厌，懒猫，就知道睡懒觉，不去抓老鼠。"
猫依然安静地睡着。阳光落满它全身，形成了一层奇异朦胧的光晕。

秋日的阳光雪花般飘落。女孩的眼泪和腿都累了，她坐在了街边的青石上。石缝里生满滑腻的青苔，还长出来几棵小草，顶着星碎的花。一只猫，雪团样堆在女孩左边的花岗岩路碑上。

"笃笃"，手杖敲击路面的声音，引领来一个老太太。她雪白的短发，戴着眼镜，穿件米黄色的风衣。她走到女孩身边，停了下来。

　　多年以后，女孩总会想起这一幕，想起她抬起头的时候，与老太太对视的奇妙感觉。老太太微笑着，眼神里有女孩最喜欢的奶油冰淇淋的清凉和甜蜜。女孩也微笑了。

　　老太太挨着女孩坐下，把白色的手杖放在一旁，拉起女孩的手，说："孩子，你真漂亮，像天使。"女孩的脸红了。老太太问："孩子，为什么伤心呢？"老太太的手很温暖，如同暖暖的阳光，飘进女孩的心怀。于是，女孩把所有的事情都告诉了老太太。

　　女孩上小学四年级，她今天被同学嘲笑了，所以伤心。早上她穿了一件花裙子，妈妈曾经说过，她穿花裙子最漂亮。到了学校，有同学说她裙子上的花是一种有毒的花，说她穿着毒花裙子就是一朵毒花，还毒死了妈妈。女孩说到这里，难过地低下头。女孩的妈妈曾对她说过，"宝贝，你是妈妈一生的骄傲，你是最美丽的女孩。"妈妈永远地离开后，女孩做任何事，都努力想做到最好，想受到赞美。她害怕指责和嘲笑，她害怕另一个世界的妈妈知道了会失望。她不想让妈妈失望，她要永远让妈妈骄傲，让妈妈高兴。可是，无论她怎么努力，还是有人嘲笑，有人责骂。女孩天天都很难过。

　　老太太微笑着拍拍女孩的手，说："孩子，你不能太在意别人的看法。只要你每天开开心心，妈妈就会高兴。"女孩问："真的吗？"老太太点点头，说："真的，孩子，只有你快乐了，妈妈才会快乐，不管她在什么地方。"

　　老太太指着石碑上的猫，说："孩子，我们来做个游戏，你走到那只猫身边，赞美它几句，再骂它几句，好不好？"女孩站起来，好奇地走到猫身边，指着猫大声说："你是世界上最可爱的猫，像个毛绒绒的大雪球。"猫安静地睡着，半眯着眼睛，长睫毛微微垂下来，神态安详。这出乎了女孩的意料。女孩大声说："你真讨厌，懒猫，就知道睡懒觉，不去抓老鼠。"猫依然安静地睡着。阳光落满它全身，形成了一层奇异朦胧的光晕。

女孩回到老太太身边。老太太说："孩子，你喜欢它也好，讨厌它也好，它并不在意，甜甜地酣睡着。记住，孩子，要想活得安适自在，不能太在意别人的看法。你的快乐是妈妈最大的幸福。"女孩用力点点头，嘴角微笑了。她走到猫身边，伸手想摸摸猫。"不，孩子，不，你不能打扰它，也许它正做着一个在天空中飞翔的梦。"老太太说。女孩被老太太的话逗笑了。最后，女孩笑着告别了老太太，蹦蹦跳跳地回家了。

老太太走到猫身边，说："可怜的雪儿，你一定是吃了被毒死的老鼠了，唉，你听见我的手杖敲击路面，不跑过来，我就知道发生了什么。深夜，我读书或写小说的时候，你不能陪伴我了。可怜的雪儿，就让阳光多温暖你一会儿吧。"老太太重新回到和女孩一起坐过的地方，轻轻地坐下，把手杖放在一旁，望着阳光里的猫，掏出随身携带的画笔和纸……

站　笼

不过数月，雨城县境内的盗贼，捕获一半，逃遁一半。贼寇暗传：宁去阎王殿，不去雨城县。

雨城县令闻显怎么会死在站笼里，到现在还是个不解之谜。

闻显发明的站笼是由二十四根碗口粗的白蜡条（上等硬木）制成的一种四方囚笼。白蜡条根根笔直，打磨得油光锃亮。笼高两米，宽一米五，顶、底开有一尺许的方孔。笼下部放置铁尖枪或细狼牙棒，刃朝上。正面有活动门，背面上部有可更换的两小块厚木板。闻显把抓获的贼寇押进站笼，手臂背剪拉直，用铜钉洞穿手心钉在厚木板上，脚下垫上铁砖（也可烧红），阴部紧抵利刃。被站的人悲号凄惨如堕地狱。

雨城县衙大门两旁，一字排开十二架朱漆站笼，笼笼有人。百人缉捕队，个个勇壮，战无不胜，四处巡捕，耀武扬威。闻显则端坐听风楼，读几卷闲书，品两杯香茗，听一阵惨嚎，赏半时站笼，可谓勤勉尽瘁，呕心沥血。

不过数月，雨城县境内的盗贼，捕获一半，逃遁一半。贼寇暗传：宁去阎王殿，不去雨城县。闻显的主子六王爷派人送来亲笔信，对他送去的珠宝珍玩甚是满意。上级州府申奏嘉奖的表章也一层层地递了上去。闻显闻知后不生半点骄侈，更加勤勉劬劳。缉捕队虽然加大了出巡次数，仍然收获甚微，站笼就不免时有空缺了。这是闻显非常不乐意的。

闻显无奈，只好把牢里的其他犯人拉来填进站笼。而且把站笼下面的铁砖也加高了一块，好让笼里人能苟延残喘。

这日，站笼又空了一个，闻显揪着半黄的髭须冷冷地问缉捕队怎么回事。缉捕队都头拱手答县境难寻犯法之人。闻显晃了晃尖脑袋，用手指指那个空站笼，说："真的吗？那你进去。"都头吓得浑身筛糠。忽然闻报，说是有个叫刘二的人在东街捡了个包袱，内有破衣数件，都头说："刘二分明是偷盗，看没什么钱物，诈称捡的。"闻显微笑点头。都头说："把刘二那个盗贼抓捕归案，押进站笼。"

闻显被朝廷评为了"大清杰出县令"，接到了吏部的嘉奖令，他心花怒放，暗道：此时站笼更不可空缺。他走出衙门，看见竟然

遇见另一个自己

有一个站笼空着，不由勃然大怒。都头面如土色，忽有人来报，说有一个孩童，偷拔了邻居家的蒜苗。闻显听后，眼前一亮，说："小小年纪就敢偷蒜苗，长大些就敢偷人钱物，再大些就敢杀人放火，成人后就敢欺君造反，趁早站了吧。"于是，一个九岁的孩童站进笼里。

只要有站笼空了，闻显就会浑身不自在，像生病了一般。缉捕队害怕被闻显拉去充数，就罗织罪名到处抓人，凡是和他们往日有一丝仇隙的都被站了笼，又有人出钱雇他们害人，一时间雨城县乌烟瘴气，人人自危。闻显不在乎这些，只要站笼没空就行。

这天闻显着实快慰，站笼没有空缺，他又接到六王爷的来信，获悉不日他就要摘下黄铜顶珠红顶戴，脱下绣着鹌鹑的七品官服，然后戴上青金石顶珠涅蓝顶戴，穿上绣着大雁的四品知府官服，再以后……哈哈哈，闻显笑出声来。他换上便装独自去醉仙楼痛饮了几杯。

闻显醉酒回来，暮色四沉。此时正值中秋时节，少有的酷热。乌云蔽空，树梢入定。县衙前一溜十二架朱色站笼，杀气腾腾，煞是喜人。忽然，闻显极为不快，气咻咻地皱起了眉头。他醉眼迷离地看见靠近衙门口的一个站笼空空如也。这可不行，站笼怎么能空着呢？闻显嘟嘟囔囔地进了门。

当夜，雨城县下了场罕见的暴雨，电闪雷鸣咆哮肆虐，让人胆战心惊。次日清晨，雨止天晴，有当值衙役巡视站笼，看见靠近衙门口的那个站笼里站了个穿官服的人，大吃一惊。衙役斗胆走近，看那人面色铁青，早已气绝身亡，待看清那人的面目，衙役唬得打跌，连声惊呼，原来站笼里那个穿官服的人，是雨城县令闻显……

病　人

他说："这些不算什么，最恐怖的是仿佛有一座大山压住了我，也说不清是不是山，因为它还像一张网，牢牢地网住了我，越挣扎越紧，透不过气。"他脸上露出痛苦的神情，眼睛里满是无奈和沮丧。

冯背后传来低沉的声音："等等！"冯转头，看见一个矮矮壮壮的人。冯愣了愣。夜色里飘满了白色的雪花，明明暗暗，模模糊糊。冯小心地看了那人的双手，看了那人的四周，迟迟疑疑地问："你，有事？""看病。"来人说。冯轻轻地吐一口气，重新打开门。

冯望着对面椅子上的人："说说吧？"

来人四十多岁，脸很瘦，四肢似乎没有舒展地长开，有几分可怜兮兮的滑稽。

他眨巴几下圆眼睛，扯动了眼角无数条鱼尾纹："我听说你是这里最好的心理医生。"冯亲切地笑笑，点点头。

他用粗短的手，揉几下圆鼻子："我精神萎靡，浑身乏力，睡不好觉，郁郁寡欢，食欲不振，有时还胡思乱想。"他咂咂嘴，嘴唇看上去出奇的软而长。

冯认真地听，一边在洁白的纸上记着。

他说："这些不算什么，最恐怖的是仿佛有一座大山压住了我，也说不清是不是山，因为它还像一张网，牢牢地网住了我，越挣扎越紧，透不过气。"他脸上露出痛苦的神情，眼睛里满是无奈和沮丧。

冯捏着笔微笑："你叫什么名字？"

他陷入沉思，好久才喃喃地说："名字？哦，名字，崔志强，对，崔志强。"

冯笑着说："小问题，我给你开点药，回家后按时吃，从今天晚上开始，跑二十分钟的步，然后洗个热水澡，喝杯热牛奶，记着把窗帘换成深色的。你是从事什么工作的呢？"他低头不说话。冯微笑着说："明天早上换上喜欢的衣服，走出去看看雪景，再吃点喜欢的食物，三天后再来我这里聊聊。"他接过药转身走了。

三天后的晚上，他踩着硬梆梆的残雪走进来，无精打采地说："没用，我还是老样子。"冯说："没关系，喝杯热茶，咱俩聊聊。"接下来，冯开始诱导他说话，有很多病人，敞开心扉倾诉一番，立即大有好转。可是，这个病人反反复复诉说的都是他那种如山如网的感觉。最后，冯只好又开了些安神药。

过了一个星期，那人又在寒冷的夜晚来了，看上去很不好，憔悴、疲惫、焦灼、痛苦。

冯问："你按我的要求，开怀大笑了没有？"

他摇摇头，痛苦地说："我实在找不到一件可以大笑的事情。求求你医生，今年冬天一定要治好我的病，因为冬天结束我就要离开这个城市了。"

这种病人只要开怀大笑了，慢慢就能调整过来。忽然，冯眼睛一亮："开心大剧院今年冬天来了个滑稽的小丑，我每天下午都去看他的演出，他简直棒极了，我每次都能开怀大笑。其实——我和你一样也被大山巨网所困扰，痛苦不堪，试尽各种办法也无济于事，幸好，每天下午去观看小丑的表演，才得以暂时解脱。"当然，"其实"后面的话冯是在心里说的。一个心理医生竟然患上了忧郁症，却又束手无策，只能靠小丑治疗，这叫冯怎么说得出口。

他摇摇头。

冯说："那个小丑，有种绝技，可以不用手在地上捡钱。有一次，我扔了一张大纸币，他双膝跪地，俯在我脚下，用嘴唇轻松地捡了起来。我又扔了些硬币，他跪在地下用嘴唇一下一下的都接住了。当然，这些钱都归他。多有趣啊！"说着，冯忍不住哈哈大笑。

他突然面色发白，目光呆滞，嘴唇颤抖着使劲摇了摇头。

冯有些生气："你是病人，要听医生的。"

这个病人再没来过。冯想：他一定是听了建议，去看了小丑的表演，也许已经痊愈了。

冯每天下午，依然去看小丑的表演，只是心里的忧虑越长越大：听剧场经理说，冬天结束的时候，小丑就要走了，到时候自己该怎么办呢？

遇见另一个自己

他也许眼睛生病了，并不看我，虽然我站在他的正前方，他仍能无视地走过来，然后穿过我的身体，慢慢地走远。撇下我惊愕地站在风中。

我刚下车，听到几只鸟叫。抬头，铅灰色的天空流动着无色透明的空气，没有半只鸟的影子。我开始怀疑耳朵，是不是出现了幻听。因为最近，我时常听见一些死人的声音。这时候，一泡云白色的鸟屎落在我展开的手掌上，说明的确有鸟飞过。晦气。身旁的一个男人用女人的声音说。我扭头想看清他的容貌，但他已经快速地离开了。

我背着沉重的包（偷偷告诉你，包是用很结实的布料做成的，里面装的是捆扎得整整齐齐的几十捆钞票），走在熟悉的镇街上。这里是我出生和成长的地方，这里的土地和时光收藏了我的童年和少年。有一天深夜，我离开了这里，踏上了远去天涯的旅程。多年过去，我的额头被异乡的风霜刻出深深的沟壑，沟壑里藏满孤独的星光和黑暗的荒凉。今天，我满载而归，背着沉重的行囊，走在故乡的大地上。

镇子东头，临街住着的老西头还是昔日模样。佝偻着腰背，手里牵着一根结实的皮绳子，慢慢地走着，眼睛半睁半闭，嘴巴半张半合，拉着皮绳子，舍不得停歇地四处游逛。皮绳子系着块吸铁石，吸附着锈铁钉、铁条头、半拉钥匙环等，使吸铁石看上去像只怪模怪样的小刺猬，听话地跟在老西头身后。我想给他打个招呼，但他也许眼睛生病了，并不看我，虽然我站在他的正前方，他仍能无视地走过来，然后穿过我的身体，慢慢地走远。撇下我惊愕地站在风中。

老西头会木匠手艺，加上他时时刻刻千方百计地积攒着钱财，他的那只小木箱就肥嘟嘟的像只快乐的小猪崽。他衣服破烂，面色蜡黄，但骗不了我，我知道他床下的小木箱里有不少的钱。在一个我逃学闲耍无聊的下午，我翻墙进入了老西头的家，打开了那只小木箱，拿走了里面花花绿绿的所有的钱。我当时很害怕，像母亲离家出走的那天夜里，像父亲喝醉后用皮带打我的时候，但很快，我就不再害怕。有了老西头家第一次，很快就有了老东头家的第二次，然后是老南头、老北头以及无数的人家，以及无数的人。我认为他们的钱就是我的钱，只不过暂时存放在他们的口袋里。有个男人拒绝了我，他认为他口袋里的钱就是他的，虽然我用拳头告诉他这些钱是我的，但他不信，我只好拿起一块砖头。当那块蓝砖头砸在他脑袋上后，他软软地躺倒，用伤口汩汩流出的血承认了他口袋里的钱的确是我的。夜里，那个人死了。我开始了天涯旅程。

咳，这都是三十多年前的事情了。还是不要提了吧。我进了镇十字街北的柳家汤馆，半晌午不是饭点，汤馆里没有顾客。我坐在靠角落的一张矮桌旁，说，来碗酸辣汤，十二个煎包。很奇怪，柳家汤馆那个中年女人竟然不是柳家的老板娘。她说，这是烩面馆，没有酸辣汤。我只好说，来碗烩面吧。她进去了。

这时候进来一个少年，很面熟，仔细看，竟然是我。哦，是三十多年前的我。他进来后四处打量，然后暗舒了一口气（显然他没有看见我），轻了手脚走到柜台旁。再次四下看。忽然伸手，拉开了收银台的抽屉。我猛然站起，我不能眼睁睁地看他走上一条不归路，我要阻止他。我一个箭步跳到他身后，叱：住手！举起装了几十捆钞票的包砸在他手上。他一声惨叫，我听见骨头的嘎嘣声。

进后厨做烩面的中年女人跑了出来，手里端着的烩面散发出羊汤的香气。还有很多人跑进来。有人伸手想夺我的包，这可不行，我用力把包抛向空中，然后抬头望着包里几十捆红色的钞票直落下来。钞票砸在我脑袋上，我眼前起了浓重的黑雾。世界渐渐暗下来。

我隐隐约约地听见有人喊：快报警，快打120，有个疯子用包里的几十块砖头砸伤了人，又把他自己砸伤了……

失　踪

我起床，发现空调，电脑，家具都失踪了。这些可是挺值钱的，我很心疼，嘟嘟囔囔地走进卫生间，没想到，连马桶也不翼而飞了。

遇见另一个自己

　　我发现身边的东西在莫名其妙地失踪。一只茶杯，或者一本看了一半的书，或者打好的一份资料，或者半盒避孕套。说不见就不见了。

　　今天早上，我从窗前马路上嘈杂的声响里醒来，发现挂在墙壁上的电视机、壁画不见了。我揉揉眼，墙壁上果真空空荡荡，如同秋风扫净残叶后光秃秃的枝头。我起床，发现空调，电脑，家具都失踪了。这些可是挺值钱的，我很心疼，嘟嘟囔囔地走进卫生间，没想到，连马桶也不翼而飞了。

　　上个月，我和单位的娟娟去南方出差。事情办得很顺利，还余两天时间，就顺便游览了明月山。草长莺飞时节，万物萌动，空气也是甜腻腻的，甜腻得有些暧昧。晚餐时，一箱绿色的啤酒送过来，领口很低的领班小姐说是免费赠送。启开瓶盖时，浓郁芬芳的泡沫溢出来。不远处的柳树像团团绿色的烟，烟轻悄悄地漫过来，氤氲了啤酒泡沫。我喝一口，绿色的烟灌满肚腹，突然就醉了。我和娟娟拥抱着亲吻。

　　我和娟娟都没了游玩的兴致，定了车票，提前一天回来了。我到了家门口，发现钥匙失踪了，掏手机给妻子打电话，妻子在家，她的声音有些慌乱。后窗，好像跳出一个绿色的人影。再看，什么也没有。

　　领导请我吃饭。他的眼光总是在菜肴间盘旋，像高空的鹰隼盘旋着寻找兔鼠，像中毒了的虫蛾盘旋向上直飞，像蜘蛛一圈圈地织网。领导说，我很看重你的能力，过几天你还要辛苦一下，去凤城出趟差。领导吞下一杯酒，说，王娟娟和你一起去。我出了包厢，到收银台埋单，回头，看见领导不知什么时候换上了一件绿色的衬衣。我满脑子绿色，绿色的烟，绿色的啤酒，绿色的人影，绿色的舌头，绿色的乳罩，绿色的内裤。我看着领导的车绝尘而去，也招手拦了一辆出租车。回到家，我一摸兜，手机失踪了。

妻子坐在沙发上，长发从左肩斜披下来，白皙的脸庞，玉石雕琢的鼻翼，扑闪扑闪的长睫毛。瞬间不知从哪里飞来一群蝴蝶。蝴蝶的翅尖掠过我柔软的心尖，麻酥酥地颤栗后，是绵绵密密地疼。我说，单位又安排我出差，一个月左右。妻子点点头，仿佛早就知道了。也许她对我出差早已习以为常。是啊，我工作的性质就是要不断地出差。坐汽车，坐火车，坐轮船，坐飞机，在不同的车站等待，在不同的城市过夜，在不同的大街小巷徘徊。因为出差我们曾经激烈地争吵过。最后，总是在我"钱，为了钱必须出差"大吼声中结束。

夜半醒来，室内灯火通明。我迷迷糊糊地坐起来，看见妻子在寻找什么。她有些气急败坏，嘴里不时地嘀咕，焦辉跑哪儿去了？他怎么莫名其妙地失踪了？我大吃一惊，妻子在找我。

我忽然间恍惚了，不知是身边的东西一件件地离开我失踪了，还是我离开了身边的一件件东西失踪了。我望向梳妆台的大镜子，什么也没有看见。不知道是镜子失踪了，还是镜子照不出失踪了的我。

一抹微笑

老刘家的母鸡，展翅飞了，咯嗒咯嗒，母鸡飞过矮墙，飞过柴垛，飞过树梢，飞上了灰色的天空，像一只鹰一样盘旋。

这年冬天，少有的寒冷。屋檐下的冰琉璃挂有两尺来长。旷野里的狗冻哭了，哀嚎哀嚎。天色熹微，乳白色的寒气在几片未落下来的枯叶上凝结，叶子变成晶莹肥厚的水晶。宋建钢起床，拖着残腿在附近的树林里溜达。

他喜欢站在树与树之间，不声不响，脚下开始生根，那条残留着弹片的腿也站得笔直。他的身体开始变得光滑，手指上长满了绿叶。他觉得自己变成了一棵树。他突然想笑，笑意还未扯动脸上僵硬的肌肉，就已经消散了。他很多年没笑过了，已经不会笑了。

阳光发散着冷气，碎冰块般撒在枯草地上。宋建钢看见了草丛里的一双眼睛。一双黑色的眼睛，睁得大大的，凝望着他，眼神里满是恐惧和哀怨。宋建钢浑身战栗，牙齿咯咯嘣嘣地打架。他艰难地弯下腰，不敢直视那双眼睛。啾啾，微弱的声音传来。这只斑鸠还活着。宋建钢颤抖着双手，抱起斑鸠，塞进贴身的夹袄里。宋建钢胸口像塞着块冰，热血却急速地奔流。斑鸠的眼神多么像石头的眼神啊。

石头两岁多，跟屁虫一样跟着宋建钢，一跟就是六年。于政委笑着跟他开玩笑，这个石头蛋子，跟你比跟我都亲，干脆你当他干爹吧。一句玩笑话，石头却当了真，从此改口喊宋建钢爹。他也喜欢石头，早把失去妈妈的石头当成了自己的孩子。石头的妈妈是地下党员，牺牲了。

小分队接到任务，护送一位首长突破封锁线。于政委说，咱们就是全牺牲了，也要保证首长的安全。私下里，于政委对宋建钢说，首长带有一份绝密情报，关系到前线数千万将士的生命，甚至关系到民族存亡。

护送很艰难，敌人的特别行动队咬得很紧，行动队里有狙击手。不断地有战友牺牲。小分队分成三路，迷惑敌人。宋建钢护送首长，经过树林时，首长负伤了，首长牺牲前，把一个牛皮套递给宋建钢，说，里面是绝密情报，你一定要完成任务。宋建钢揣着情报，顺着山沟跑出树林。

经过废弃的郭村，宋建钢听见枪声，慌忙爬上一棵大槐树，藏进茂密的枝叶间。他看见几个敌人走过来，嘴里叽哩哇啦，有个日本兵手里拎着个孩子。宋建钢的心揪紧了，孩子竟然是石头。看来，小分队的驻地也被袭击了。到了槐树下，石头被扔到地上，他没有哭，抱着树干往上爬，爬着爬着，看见了宋建钢。石头睁大的眼睛里满是欢喜，奋力爬。几个敌人哈哈大笑，仰头观赏石头爬树。这样下去，宋建钢就危险了。宋建钢心急如焚，捂着胸口的牛皮套，冲石头摆摆手，摇摇头。石头愣住了，不再往上爬，身子缓缓下滑。当啷！军刀出鞘的声音。石头的大眼睛瞪着宋建钢，眼神恐惧、哀怨。军刀横扫，鲜血溅满了天地。宋建钢眼前一黑，忙抓紧树枝，才没有掉下来。从此，那双充满恐惧和哀怨的眼睛，就长在宋建钢心头了。从那时起，宋建钢不会笑了。

宋建钢把斑鸠暖过来了，他把斑鸠放在桌子上，喂了它一些谷粒。斑鸠吃了些谷粒，有精神了，在桌子上踱着优雅的方步。宋建钢注意观察斑鸠的眼睛，斑鸠的眼光柔和了，没有恐惧和哀怨了。宋建钢很高兴。

斑鸠没有逃走的意思，也许外面的天气太寒冷了，斑鸠差点冻死，不敢再回到旷野。有斑鸠的陪伴，宋建钢觉得浑身充满了力量。宋建钢喊斑鸠"小石头"。斑鸠扇动翅膀回应他。这让宋建钢恍惚觉得，小石头根本没有死，而是变成了一只斑鸠。要不，斑鸠那天怎么会有和小石头一模一样的眼神呢？

这天的日头被冰块般的云盖着。村里的家畜惊惶不安。老刘家的母鸡，展翅飞了，咯嗒咯嗒，母鸡飞过矮墙，飞过柴垛，飞过树

遇见另一个自己

梢，飞上了灰色的天空，像一只鹰一样盘旋。人们惊讶极了。忽然，脚下嘣嘣震动了。人们愣了下，醒悟过来。地震了！

因为是白天，房子倒塌了不少，人却跑了出来。全村只伤亡了一个人，就是住在村头的孤寡老人宋建钢。地震前，有人看见他正在外面修菜园篱笆，地震时，他扔下手里的工具，撒腿往屋里跑，结果房塌了，他被砸在里面。

大家一起把宋建钢扒出来，老人早停止了呼吸。他走得很安详，嘴角挂着一抹微笑。有人说，我好像看见老宋跑进屋，打开门，从屋里飞出来一只斑鸠，房子轰隆塌了。有人问，老宋这么多年没笑过，临死嘴角挂着微笑，这是为什么呢？大家纷纷摇头。

奔跑的灵魂

在康县光明路上，一个光身男逃命似的跑着，他身后是黑压压的人群。紧跟着光身男的人开始脱衣服，赤裸着跑。人们纷纷效仿。这支庞大的裸跑队伍，迎着阳光，奔跑着。

阳光混合着嘈杂的声音，落满小街。一个男人，此刻他已经三十七岁。瘦高个子，短发，五官平常的看十眼也不会留下半点印象。他没有穿衣服。

哗啦，哗啦，人海打着旋涡，聚拢在一个正在装修的店面前。光着身子的男人，满面红光，慷慨激昂地说着什么，不时用富有表现力的手势为他的激昂附加各类标点符号。离得近了，能听见男人在说，吃葡萄不吐葡萄皮，不吃葡萄咱吃花生仁。路漫漫其修远兮，推土机压路机柏油石子亚克西……

人们一边嬉笑着，一边掏出手机。阳光反射在一个一个的手机屏幕上，碎成乱跳的镜片，宛如无数的花朵在尘埃里缤纷。大家选取着最佳的角度拍照。每个人都用高水准的眼光，用一流摄影师的标准严格要求自己。每个人的脸上洋溢着笑容。男人伸手往下身摸了一把，围观的人被逗笑了。正在装修店面的工人停了手里的活，站在脚手架上嘿嘿地笑。一个穿红夹克的人，阴沉着脸，大声对脚手架上的工人说，让你们昨天加加班把招牌挂上，你们不听，多好的宣传机会啊，唉。人们用赞许的目光望着红夹克，真有商业头脑。

人群里挤进来几个人，为首的中年人拿张红毛毯披在光身男的肩上，几个人把光身男架进一辆车里，走了。大约是光身男的家人，大家猜测着散了。

最热闹繁华的地段，一家大型超市开业，门口搭了舞台，请了乐队演出。驻足的人不太多。每天都有超市商场开业，千篇一律地请些演艺团，扭几下身子，吼几声歌，没啥新鲜。这时，舞台上出现了一个男人，他全身赤裸，对着话筒说，吃葡萄不吐葡萄皮，不吃葡萄咱吃花生仁。路漫漫其修远兮，推土机压路机柏油石子亚克西……伴奏的乐队手忙脚乱了一阵，终于和光身男合拍了。

路人纷纷聚拢过来，摸口袋，掏手机，拍照，微笑着，窃笑着，嬉笑着。光身男越说越快，加上乐队的伴奏，愈加和谐动听。短短几句，好记好背，人们开始合唱。吃葡萄不吐葡萄皮，不吃葡萄咱吃花生仁。路漫漫其修远兮，推土机压路机柏油石子亚克西……每唱完一遍，都爆发出一阵掌声。没用多长时间，超市门口聚拢了上千人。光身男停了下来，打了几个哆嗦，哗啦，撒了脬尿。哄笑声，呐喊声，唿哨声，咒骂声……声浪撕裂了天空。

光身男呆望着台下的人群。突然，他双手掩面，跳下舞台，撒腿就跑。他穿过人群，往光明路跑去。人们先是愣了下，有几个人追过去，又有几个人追过去，有更多的人追过去，很快，所有的人全加入了追跑的队伍。不断地有人加入其中，就像雪球越滚越大，人越来越多。

在康县光明路上，一个光身男逃命似的跑着，他身后是黑压压的人群。紧跟着光身男的人开始脱衣服，赤裸着跑。人们纷纷效仿。这支庞大的裸跑队伍，迎着阳光，奔跑着。路旁高楼，所有的窗户后全站着人，举着手机拍照，心里后悔着没有在楼下，无法加入裸跑队伍。

到了一个宽阔的广场，领头的那个光身男像一只躲避猎枪的野兔，穿过一个花丛，突然不见了。人群停下来，在广场散开，阳光暧昧地落在白花花的身体上。啊！响起一声尖叫，一个女人捂着脸逃跑了。接着，更多的人发出惊呼，捂脸逃开。光明广场一阵骚乱。

第二天我吓得不敢出门，不敢开电脑，不敢看电视。我，就是那个光身男。昨天是我三十七岁的生日，却被公司炒了鱿鱼。我借酒浇愁，喝醉了。酒醒时，我发现自己一丝不挂地站在舞台上，面对着千万双眼睛，我逃了。人们开始追我。不知道为什么，他们也都脱了衣服，裸着身子追我。

我的手机响了，是公司经理打来的。我还有五千多元的工资在公司，忙接听电话。

"焦辉，你现在可是名人了。快回公司上班。"经理激动地说。

我一时反应不过来，说："我，我，我——"

经理打断了我的话："焦辉，不能成了名人就端架子啊，公司已经研究过了，你的工资涨两倍，你会写小说，文笔好，调到公司宣传处吧。焦辉，你是个重感情的人，一定不会抛弃公司和同事们的。赶紧来上班。"

我握着手机，惊傻了。

阳台上的狗

人类最喜欢这样，把各种各样的桂冠赠予各种事物，前提是这些桂冠都要证明一个真理：所有的一切都逊色于人类，人类是世界的唯一主宰，是宇宙的唯一主宰。这种荒唐透顶的想法，也许只有人类才能想得出来。

防盗窗是由一根根不锈钢管焊成的，结实牢固，能从一道道完美的焊缝里看出来，这一切出自老焊工的高超技术。而且在焊花四溅里，一定有从收音机里放出的豫剧。什么曲目难以想象，但订做防盗窗的人用怀疑的目光冒着伤眼的危险死死盯着老焊工的工作，这点可以想象得到。防盗窗焊好后，当天就装在了高楼的阳台上。

于是，像雨后的种子发芽般自然，所有楼层的阳台上都装了防盗窗。阳台成了个华美的笼子。一条狗，在这个午后出现了。狗的思想很复杂，有着人类所有难以捉摸的意识流。狗坐在或许是站在阳台上，从下面仰望，能看见狗露出的脑袋和上半身被不锈钢管的格子分解成有趣的竖条，也能把那些不锈钢格子看成是长在黑狗身上的银白色条纹。

黑色的狗最适宜融进夜色里，但很多狗却生出其他的颜色，这有着科学的解释，什么基因什么组合什么变异什么遗传。我们很多人不懂，但明白一个道理，存在的就是合理的，虽然有很多存在也许不适宜，像杂色的狗，虽然皮毛不黑，照样在夜色里狂奔。阳台上的狗，无疑是合理的，因为它是黑色的，可是，一只喜欢自由奔跑的狗，被关进华美的笼子里，只能从防盗窗的格条里俯视着大地或仰望太阳，到底合不合理呢？

狗大多喜欢人类的口哨声，传进它耳朵里的口哨声让它很兴奋，这很值得研究。也许，人类的口哨声就是远古时候的语言，那时候的人类不骄傲，心里满是谦虚和敬畏。面对世界，像一个小孩面对一位大魔术师，内心充满了敬仰，神秘，甚至是有些恐惧。那时候人类没有语言，肢体动作和口哨表达着想法和情感。人类与狗之间，没有交流的障碍，彼此能很好地表达愿望和提出请求。后来，人类站了起来，有了独特的发声系统。也渐渐骄傲了，看不起一切，当然更看不起四条腿走路的狗。现在人类忽然又吹口哨了，狗听懂了每种不同频率的口哨表达着不同的意思。荒谬的是人类自己不懂吹出的口哨声表达了什么，看着狗的兴奋，就感觉很好笑，就用力地吹，惹得狗更加的兴奋。

有时候人类很为狗悲哀，因为人类研究后说狗眼中的世界是黑白色的。狗对这个横加在头顶上的色盲桂冠不知何想，人类最喜欢这样，把各种各样的桂冠赠予各种事物，前提是这些桂冠都要证明一个真理：所有的一切都逊色于人类，人类是世界的唯一主宰，是宇宙的唯一主宰。这种荒唐透顶的想法，也许只有人类才能想得出来。还有就是愚蠢地把一只自由的黑狗关在阳台上，却要求狗对他感恩戴德。

把狗关在阳台上是对它的礼遇。他说。因为我时常坐在阳台上，望着街上渺小的一切，感觉心旷神怡。他说。让阳光和风从牢固的防盗窗格条里进来，多么好。他说。（特别加重了"牢固"二字，意思很显然，是说狗在阳台上很安全。好像当初安装防盗窗不是防贼，而是为了保护狗的安全。）看，我还在阳台上种植了几盆花草。他说。（几盆花草对于阳台来说，的确像片大森林。）

阳台上的狗，不停地转动着大耳朵，无谓地捕捉着鸟鸣，淡灰色的鼻子轻轻嗅着花盆里的花香，想象着无垠的绿色旷野，想象着狂奔的时候风从耳边呜呜刮过，黑狗伸出舌头，舔舐着温暖的阳光，眼睛里流出了泪水。身后阳台的门响了，他回来了，正走向阳台，接受黑狗的感恩欢迎。黑狗笑着转过头，幸好风吹干了眼泪，没有泄露秘密。其实就算眼泪没有干，也没什么，因为他，包括所有的人类，都会认为黑狗的泪水，是感激涕零。

一把瓜子

有时候岁月之手会把原本很整齐的毛线团弄得乱糟糟，好让人在无聊的日子里，有些事情做。我在整理这个乱线团的时候，从毛线间掉出来一把瓜子。

这件事情说起来的确让人难过。

就像咬一口苹果，吧唧嚼碎咽进肚子，忽然发现苹果被咬的地方有条虫子，准确说有半条虫子，在蠕动在挣扎。你立即能想到，另外半条虫子的去向。你也可以安慰自己，异想天开地认为，是一只鸟，啄断了虫子，或者可以想，这条虫子是绿色天然的佳肴。反正你可以多几种假设来想，但恶心的感觉，只有你自己难受。

遇见另一个自己

　　我是贼。哦，纠正一下，我曾经是贼。由于栾刚不久前入狱，我的心情开始糟糕透了，思想和语言经常出现短路或接触不良，像个拙劣的电工醉醺醺地安装的电路，总会有些地方出现这样那样的问题。这也许不能怪电工，要怪午餐时那瓶高度价廉的白酒。栾刚是我的独生儿子，像我是我爸的独生儿子一样。

　　我是贼这件事情该怎么说起呢？有时候岁月之手会把原本很整齐的毛线团弄得乱糟糟，好让人在无聊的日子里，有些事情做。我在整理这个乱线团的时候，从毛线间掉出来一把瓜子。淡黑色的葵花子，生长过程吸满了阳光，再经过风选、清洗、蒸煮、烘干、提香，装进袋子，运进各种形状的嘴巴里，让嘴巴暂停制造一种叫废话的垃圾。

　　那天的风是温暖的，我能感觉到一双柔滑的小手抚摸我的脸。小镇的土路很干净，没有一丝尘土浮出路面。镇头有家卖炒货的小店，为了招徕顾客，那个长脸个高的老头把炒货摆在路边。其中，就有用盐、糖、茴香、甘草、肉桂、丁香、良姜、八角等精炒出来的瓜子。香味扑鼻，口水四溢。

　　我要吃瓜子。我说。我没有用"想"，直接用了"要"。因为我知道，我是独生子，我可以用"要"不用"想"。我爸揉着圆鼻头，一直揉，不大的眼睛紧盯着炒瓜子。很快，圆鼻头红得发亮，像涂了红漆的门把手。我知道，他在发愁，他没有钱，但他应该满足我的"要"，谁让我是他的独生儿子呢。

　　他走到炒货摊前，用左手抓起一把瓜子，问价格，并仔细查看是不是粒粒饱满，尔后伸到老头眼前，说，怎么有虫眼，还这么秕。另一只手也抓起一把瓜子。他的耳朵痒了，右手不停地揪，很快又把耳朵揪成了门把手。然后，他把左手里的瓜子放进老头的袋子里，右手揪着耳朵，离开了。我很生气。

走到没人的地方，他笑起来，说，给，瓜子。他把揪耳朵的右手放下来，左手挽住袖子，瓜子源源不断地落下来。他用左手接，啊，竟然有一大把。我仰望着他，佩服到崇拜。他竟然利用揪耳朵神不知鬼不觉地把一把瓜子弄进了袖口里。吃着香喷喷的瓜子，我脑袋里嚯地亮了，像有一道明亮的电光闪过。没有钱也可以得到喜欢的东西啊。于是，你肯定知道了，我成了贼。后来，坐了牢，改过自新了。

今天我去监狱看望了栾刚。我不明白，他怎么能怎么敢把单位里那么大一笔钱装进自己的口袋里，这和贼有什么两样呢？我说，我的儿子，你怎么能这样做呢？栾刚笑笑，颜色像寒霜里的葵花。他说，爸爸，你还记得那年春天你在超市给我玩得魔术吗？揪耳朵的时候神不知鬼不觉地把一把瓜子藏进了衣袖里。一记响雷，从我耳边滚过。

谢谢你，耐心听完了一把瓜子的故事，来，喝口酒。

一个花白头发的老人端坐在镜子前，自言自语。老人举起一杯酒，和镜子里的老人碰了杯，酒未粘唇，大颗大颗的泪珠像饱满的瓜子，扑簌簌地落下来。

神　匠

华服人说："我用神木制成美人，艳冠群芳，能闻乐起舞，我亦名闻天下。师兄却用神木建制成一座木桥，日久必朽，烟消云散。而我，将会成为一个传说，世代流传，万民膜拜。哈哈哈……"

遇见另一个自己

从马车上下来个穿华服的人。

他看了看桥头那块一人高的青石，石上有神匠二字，摇摇头，轻步走过。

两间茅屋，栅门破败，院内一人低头干活。华服人走到他身边，看了他一会儿，说："师兄，近来可好？"那人直身，昏花的眼仔细打量来人，垂首，独臂施礼："草民见过大人。"

华服人看他蓬头垢面，衣衫褴褛，不觉动容叹息。

华服人说："兄与弟同获终南神木，兄不慎又失一臂，弟深感不安。弟今来特请兄去王城，入住神匠府与弟共享富贵，青史留名，何必在这荒野陋村，辛苦度日？"独臂人说："我已是无用之人，也早已过惯了乡野生活。"

华服人哈哈一笑。摆摆手，栅门外几个黑衣人掩了利刃，退去。

华服人说："我用神木制成美人，艳冠群芳，能闻乐起舞，我亦名闻天下。师兄却用神木建制成一座木桥，日久必朽，烟消云散。而我，将会成为一个传说，世代流传，万民膜拜。哈哈哈……"

独臂人平静地说："恭贺大人。"埋首沉思改进木犁的方法。

华服人冷哼一声，转身离去。

华服人经过桥头那块青石，淡淡地说："扔进河里。"

王上自从得到那个闻乐起舞的木制美人后，终日玩乐，不理朝政。很快，奸佞之臣相互勾结，排斥陷害忠臣良将。百姓不堪苛捐杂税。又逢大旱，饿殍遍野，民恨鼎沸，怨声载道。

有义士振臂一呼，万民响应。

王城如一叶扁舟被洪流一般的民众淹没。

王自知无力回天。夜，怀抱木制美人爬上刚刚兴建的千秋宫，引火自焚。

人群呐喊着冲进一个金碧辉煌的宅院，把大厅上悬挂的御笔金匾扔到地上。一个人被推出来，人群狂吼：祸国小人，奸臣妖孽，杀了他，杀了他。那人扑到地上，抱住金匾喊："我是神匠，神匠……"愤怒的人群，举起利刃……

我在神匠村吃着地道的农家菜，听着老根头娓娓地讲故事。吃完饭，我顾不得暑热，一个人去了村头的神匠桥。这是一座石桥，桥东头，立着一尊青石像，是个独臂老人。

老根头不紧不慢的声音又在我耳边响起：河水每年都会泛滥，恶水村淹死人，是常有的事。有一年，河水暴涨，冲毁吊桥，淹没农庄，数月不退，恶水村一百多口人眼看就要被困死在山里。这时，有个独臂人带着半根黑色木头来到这里，一夜之间，他就用那半根黑木在恶浪滔天的河上架起了一座桥。水马上就被驯服了。从此，水流到这里，老老实实的……天长日久啊，木桥变得比石头桥都硬了……

找毛病

方晓没想到他在吴云心里是这么的不堪。吴云最后也有些咬牙切齿了，她万万没想到她在男朋友心里是那么的糟糕。最后，俩人没有像往常约会手牵着手，去看场电影，或者去海边散步，而是一个向东一个向西，不欢而散。

方晓上班翻杂志，有一句话触动了他：毛病就像口臭，别人能闻到，自己闻不到。于是，方晓决定请其他人给自己找找毛病。方晓是个求上进而且追求完美的人，他不想带着很多惹人厌的毛病生活。

方晓首先想到铁哥们刘光辉，两人三年前一见如故，很快成了无话不谈的好朋友，关系那是非常"铁"。他把想法告诉刘光辉，刘光辉也很赞同，并且说要互相找毛病。说开始就开始，方晓说，光辉，你什么都好，就是爱占小便宜，我们每次出去吃饭，你很少埋单。刘光辉脸红了红，点头说，我一定改正。然后说，方晓，你有个毛病是爱吧嗒嘴，说一句话就要吧嗒吧嗒几下，让人觉得好像不是说话，是吃东西时顺便把话挤出来的，像嘴里吐出了几根鱼刺或者掉出来几块鸡骨头。方晓的脸红了红，说，我一定改正。

就这样，两人面对面互相找起了毛病。两人的脸开始都是红了红，慢慢变得紫了紫，后来就是青了青。下班时，刘光辉慢吞吞地收拾桌子上的资料，把它们摆放整齐，然后关掉电脑，拿块抹布擦桌子。方晓问，不去吃饭？刘光辉说，你先去吃吧。俩人第一次没有一起去食堂吃饭。

方晓吃饭吃到一半的时候，刘光辉才来食堂。他打完饭，没有像往常一样四处寻找方晓，而是一个人目不斜视地走向角落的一张桌子。从此，俩人的关系发生了微妙的变化，热情还是热情，只是热情里填满了客气。慢慢地俩人的关系疏远了。方晓叹了口气。

毛病还是要继续找，方晓是个有始有终的人，做什么事情都不会半途而废。看来，要找自己最亲密的人了。这个城市方晓最亲密的人应该是女朋友吴云。俩人认识了五年，已经到谈婚论嫁的地步了。方晓把书上的那句话说给吴云听，并请吴云找自己的毛病。吴云很高兴，一个男人能主动反省自身，改正缺点，这应该是上进和踏实的象征，婚后也会把日子过得和美，不会犯错。吴云也请方晓给她找找毛病，俩人共同改掉毛病，一起迎接即将来临的幸福生活。

方晓说，云，你的相貌哪里都好，就是嘴巴大了些，笑的时候甚至能看见咽喉。以后少笑或者抿嘴微笑。吴云的脸红了红，说，我以后一定改正。然后她说，方晓，你走路不要叉开腿，也不要晃肩膀，像只鸭子。方晓的脸红了红，说，我一定改正。说，云，以后要注意勤洗头发，你是女人，不要弄得肩膀上落满头皮屑。还有，不要再去买仿品了，这是很虚荣的，女人要有美好的品质。吴云的脸紫了紫，说，我一定改正。说，你以后要男人些，不要偷偷摸摸查我的手机，还有就是不要太抠门了，斤斤计较，会给人猥琐的感觉。方晓的脸紫了紫，说我一定改正。俩人不停地互相找毛病，脸色也越来越难看。方晓没想到他在吴云心里是这么的不堪。吴云最后也有些咬牙切齿了，她万万没想到她在男朋友心里是那么的糟糕。最后，俩人没有像往常约会手牵着手，去看场电影，或者去海边散步，而是一个向东一个向西，不欢而散。

吴云开始躲着不见方晓，铁哥们刘光辉也疏远了他。方晓找到那本杂志，重新读了那句话：毛病就像口臭，别人能闻到，自己闻不到。一扬手，方晓把杂志甩进了垃圾桶。

一条饥饿的狗

黑狗拍拍我的肩，坐到我的对面，挡住了镜子。它幻化成了一个人，我看着很眼熟。他抽出一支添加了香料的高级香烟，用镶有钻石的打火机点燃。他喷出一口蓝色的烟雾，抬腕看看瑞士限量版的手表，饶有兴趣地说："看看。"我问："看什么？"

遇见另一个自己

镜子里的景象让我惊骇不已。

一条健壮的大黑狗贪婪凶恶地吞吃东西。它把嘴伸进盆里，屁股撅得很高，"呱咚呱咚"发出很大的声响。把源源不断地落进盆子里的东西，风卷残云般吞入肚里。这条饥饿的狗，仿佛永远也不会吃饱。

我从没见过如此饥饿的狗。"呱咚呱咚"，吞食的声响像火车疾驰过空荡荡的隧道。我看得久了，有些恍惚。就在一恍惚间，黑狗跳了出来，暧昧地笑。我惊惧地回过神。面前的镜子里竟然没有我的影像，我哪里去了？我又一阵恍惚。

黑狗拍拍我的肩，坐到我的对面，挡住了镜子。它幻化成了一个人，我看着很眼熟。他抽出一支添加了香料的高级香烟，用镶有钻石的打火机点燃。他喷出一口蓝色的烟雾，抬腕看看瑞士限量版的手表，饶有兴趣地说："看看。"我问："看什么？""狗呗。"他又喷出一大团蓝色的烟雾。

烟雾里，我果然看见一条狗。还有一个十一二岁的少年。

狗是黑色的，很健壮，像极了刚才那条饥饿的狗。少年躲在一堵颓圮的土墙后，从怀里掏出个东西，对着黑狗的脑袋扔了过去。黑狗吓了一跳，仰头冲天狂吠。吠了一阵，低头嗅，嘴里流出口水。黑狗的口水慢慢地汇成一股小溪。黑狗一口吞下了小皮球般的东西。少年大喜。那是一团薄薄的鸡肉，里面裹着一块磁铁、一把钉子和铁针，一根钓鱼线把它们连在一起。钓鱼线的另一头攥在少年手里。

少年并不露面，只悄悄地扯紧线。黑狗感觉到异样，干呕了几下。少年松了松线。反复几次，少年掌握住了分寸。狗既不能逃也不再呕吐。狗和人对峙着。时间慢慢过去，少年喜形于色。那层薄薄的鸡肉很快就会被饥肠辘辘的胃消化掉。

过了很久，少年望望极美的夕阳，猛一扯手中线。黑狗惨叫一声。少年站起身，又用力一拽钓鱼线，再松开。黑狗直直地跳起来，重重摔下，一阵阵哀嚎。黑狗的胃上扎满了铁钉和针。少年站起身，骄傲地朝我眨眨眼。

黑狗开始呕吐，先吐出血沫，血水，接着吐出一捆捆腥臭的钞票，还有金条，珠宝，花花绿绿的购物卡，纪念品，字画等，最后吐出房子，小轿车，竟然还有许多条女人的大腿。我骇异地大叫一声。烟雾淡去。

我眼前没有了镜子，没有了少年，没有了黑狗，也没有了那个黑狗幻化的很眼熟的人。监狱单调的白墙上趴着几个苍蝇。

我习惯性地抬手腕，看到的不是名贵的手表，而是一副冰冷彻骨的手铐。

诸

那人看王，忽然仰天大笑，笑声如破锣裂磬。笑未尽，一把挟住王。唰！从腰间抽出软剑。

残阳如血。

王凝视广袤原野。

风吹草动，飒飒作响。黑衣人疾飞过来，手中利刃挑着一抹血晕。

黑衣人脚尖点着枯草，秋风里宛若一只灵猫。

"刺客！"

王身侧的护卫拔地而起，像一只只鹰隼，扑向来人。

一阵金属撞击，乐曲般飘荡在瑟瑟深秋。

几名护卫一声不响地倒下。更多的护卫围杀上去。

刺客被制服。

王问："你是何人？"

黑衣人昂然答："诸。"

王打量刺客。虎目剑眉，高鼻阔口，傲然威猛。

数柄寒刃，抵胸，刺喉，架颈，诸神情自若。

王说："你为主伯报仇，本王无话可非。但，你曾侍奉关王，伯杀关王，你不报仇还侍奉伯，为何？"

诸仰天长笑，笑声激昂。

诸说："关王待我若狗马，我只做狗马之事；伯待我若人，我当然要做顶天立地的人事了。"

王久久不语。

暮色苍茫，王挥手，示意放诸。

诸很快融进原野里。

一年后……

这日，阳光温暖。王在后院见到一人背影，觉此人有股豪气，似曾相识，不觉走近。那人正在刷墙，听到脚步，回身，面貌丑陋，形同鬼魅。那人看王，忽然仰天大笑，笑声如破锣裂磬。笑未尽，一把挟住王。唰！从腰间抽出软剑。

王惊呼："诸！"

剑起。剑落。

王的头发齐刷刷地飘到地上。

诸说："我毁容吞炭，只为杀你。这一年，我见乡间安居乐业，歌声载道。侠士当为天下苍生。我不能杀你。削你头发，以报主伯知遇之恩。"

哈哈哈……

诸仰天笑，笑声直冲云霄。

王府护卫潮水般涌来。

笑未尽，诸放开王，挥剑横颈。

王取消了修建万春苑的打算，厚葬诸。

勇　士

一匹火红马。一位黑甲勇士。斩杀了叛乱的锦衣侯。接着如一条疯狼，在万千只绵羊里冲杀。王挥剑呐喊，领着三百护军冲下孤山。

王被围黑木崖，情势危急。

阵阵寒风，刮得人心抖颤。山脚，杏黄色的帅旗下，一位体胖锦衣人耀武扬威。

突然，锦衣人望见孤山上一团火疾射下来，恍惚间忆起儿时与王的嬉戏。眼前起了一层红色的雾。

王站在山上远远望见锦衣侯的身躯栽进纷起的尘烟。

一匹火红马。一位黑甲勇士。斩杀了叛乱的锦衣侯。接着如一条疯狼，在万千只绵羊里冲杀。

王挥剑呐喊，领着三百护军冲下孤山。

叛军群龙无首，溃败。

勇士高山成了传奇。

高山从昏迷中醒来，望见王神采飞扬的笑脸。

高山官拜上将，每次战斗，不畏生死，身先士卒，很快平定了

遇见另一个自己

四方的叛乱。

王把妹嫁于高山，并请神医华佗开颅手术治好了高山的头疼病。

天下太平。王巡阅军队，欢呼甚高。高山巡阅，欢呼震天。

王一连打了几个喷嚏，说："仲夏天气，怎么如深秋寒凉。"

深秋，锦衣侯旧部百人在阳夏郡密结。

王命高山剿灭。

高山说："需一万铁甲军。"

王讶："一万铁甲去剿灭区区百人？"

高山点头说："叛匪凶悍，如此，才万无一失。"

王凝望高山，良久："你可是万民敬仰的勇士。"

高山跪下说："臣昔日患有头疼病，每病发，生不如死，所以无畏死生。如今，头病痊愈，又娶公主，胆色衰微。勇士称号，已有名无实了。请王上治罪。"

王仰头哈哈大笑："就依你，一万铁甲去剿灭百人叛贼，哈哈，这深秋天气，怎么如仲夏温暖。"

高山走出王宫，暗舒了一口气。

蝶　舞

白色花朵灿然怒放的天空，有两只蝴蝶，一青一紫，上下翻飞，剑影憧憧，剑啸声不绝于耳，有很多观瞧的门派高手不时被无形的剑气所伤，发出凄厉的哀嚎。

青衣老者满脸是不屑的冷笑，背着一柄青色的长剑。他就是江湖上让人闻风丧胆的"蝶舞剑魔"。

相传，蝶舞剑法是鬼谷子所创。鬼谷子的弟子庞玄学成下山，野心滔天，想独霸天下，于是燃起战火，中州烽烟四起，江湖血雨腥风，万民水深火热。庞玄尽得鬼谷子真传，鬼谷子已无力制服弟子了，他退隐大夷山蝴蝶谷，日夜苦修，模仿蝴蝶的飞，落，结合兵法，融入奇门遁甲，创出了一套旷世剑法，起名："蝶舞"。

蝶舞共十六式，最妙的一式叫"蝶舞九天"，此招一出，惊天动地，剑如长虹洞穿敌手咽喉，无人能敌。后来，在一个月圆之夜，庞玄被长剑贯喉杀死。

很多年过去了，有个少年被仇家追杀，逃进大夷山蝴蝶谷，发现一个被长剑穿喉钉死在树干上的骷髅。石壁上落满蓝色蝴蝶，蝴蝶惊飞后，他惊奇地发现石壁刻有剑式。

几年后，江湖上突然出现了一位手使长剑的年轻人，剑法奇绝，出剑无情。短短十八年，有数万高手喋血剑下。年轻人建起了蝶舞山庄，人们才知道少年的剑法就是江湖上传说的早已失传的"蝶舞"。年轻人称霸天下，傲视群雄，荣华富贵，位高权重，青剑出鞘噬血方回，人称"蝶舞剑魔"。

竟敢有人前来向"剑魔"挑战。这是数年来闻所未闻的怪事。

嗒嗒嗒……

一匹火红马疾驰而来。

一个紫衣人飘身下马，宛如一只轻盈的蝴蝶。如潮的人群一阵惊呼："蝶舞！"

众人更加惊奇不已。挑战者是一位紫纱蒙面的少女。

少女冷冷地说："十六年前，家父与你切磋剑法，家父甘拜下风，弃剑认输，但你还是杀死了家父。"

遇见另一个自己

青衣老者满脸鄙夷，说："我的'蝶舞九天'出剑必须噬血。今天不知姑娘的'蝶舞'如何。"

少女娇呼："出剑！"背上长剑琅然飞出。

青衣老者忽然不见。众人抬头，青衣老者在漫天雪花的天空翩翩起舞。

少女伸展双臂，翩然舞动，飞到空中。

白色花朵灿然怒放的天空，有两只蝴蝶，一青一紫，上下翻飞，剑影憧憧，剑啸声不绝于耳，有很多观瞧的门派高手不时被无形的剑气所伤，发出凄厉的哀嚎。

突然，青衣老者坠落下来。

他面如死灰，瞪视着紧抵咽喉的长剑，浑身颤抖。

他的那柄叱咤江湖，使人闻风丧胆的青色长剑深深地插入冰冷的雪地。

少女在空中静然不动。手握长剑，抵着青衣老者的咽喉。

"蝶舞九天！"众人惊呼。

少女飘飘若仙，轻轻落下来。她撤回剑，冷冷地说："早年我在蝴蝶谷练蝶舞，感觉受它控制，后来我豁然开朗，知道蝶舞嗜血，于是放下心中黑暗欲念，蝶舞收放自如了。你心有黑暗，蝶舞控制你的心智成了主人。使出'蝶舞九天'时你只是它的奴仆，直取敌手性命方止。今天我不杀你。只是要让你知道什么才是真正的蝶舞。"

少女上马，消失在茫茫白雪里。

青衣老者迎面望天。晶莹剔透的花朵纷纷扬扬。良久，他叹息一声，转头扫视了一眼目瞪口呆的江湖群莽们，提剑飞起，"蝶舞九天"。

青衣老者落下来时，面带微笑，咽喉洞穿着一把青色长剑。

一只渴望飞翔的羊

它一夜没睡，脑袋里有些迷糊，迷糊里长出了一双有力的翅膀。它如在梦中，恍惚地走着。眼睛里飞满了白云，飞满了彩蝶，飞满了群鹰。它不知不觉地爬上了山。眼前忽然空了。

这只羊看上去和其他的羊没什么异样，身体丰满，体毛绵密，头短。只是它的体格稍微健壮，毛色也亮白些，远看像团白云。但这是一只有梦想的羊。它渴望飞翔。它想它总有一天会飞在高远的天空。

那天的阳光很灿烂，空气里飘满青草新鲜的香味和花朵馥郁的芬芳。它蹦蹦跳跳地在大羊的腿下撒欢，踩倒了很多蓝色、粉色、白色、紫色的小花。牧羊人说，这只小羊羔真欢实，看来是做头羊的料。它听不懂牧羊人对它的赞誉和厚望，它只是快乐地嬉戏着，偶尔啃几口嫩草。它还可以吃奶，不用努力地吃草。它累了，卧在柔软的草丛里。这时候，一只彩蝶翩翩飞过。

幼小的它仰头望着彩蝶。彩蝶很美丽，淡黄色的翅膀上点缀了无数褐色小花纹，飞翔的姿态曼妙优美。它心里有颗种子发芽了，种子钻出黝黑潮湿的地面，沐浴了阳光和清风，嗖嗖疯长，转眼间长成了一个大草原。它跳起来，拼命跳跃，追逐彩蝶。很多羊停下了吃草，盯着它看，不知道发生了什么事情。牧羊人也吓了一跳，望着它像只茁壮的野兔般疯跑，呆呆地发着愣。牧羊人回过神来，举着鞭子追回了它。因为它还是只小羊，牧羊人并没有鞭打它，只是把它赶回了羊群。从这天开始，它注定了要与众不同，因为它成了一只渴望飞翔的羊。

岁月慢慢流逝，它渐渐长大。它体格健壮，毛色美丽，更重要的是它很聪明，善解人意。它总会走在羊群前面，知道如何寻找肥美的水草，知道如何躲避危险，知道看天色，知道看牧羊人的脸色。它成为了一只优秀的头羊。牧羊人很喜欢它，也很信赖它，只是有些不明白它为什么老望着天空发呆。天空有云，有鹰，有不知名的鸟。有时候还有狂暴的风。

初夏的夜，繁星闪烁。它没有入睡，它望着夜空，流下了眼泪。成年的它虽然去了势，但没有去掉心中的梦。它今天目睹了几只同伴被捆着装上了车，哀叫着去了远方。它知道，远方很远，远到永远不会再回来。时间也许没有尽头，但对于每个生命，是有限的，是短暂的。它不知道此生还有没有机会实现梦想。天亮了，阳光温暖地飘洒，它照常领着羊群走向了广袤的野外。牧羊人悠闲地坐在一棵树下，哼着歌。他很信任它，知道它会带着羊群找肥美的草。

它一夜没睡，脑袋里有些迷糊，迷糊里长出了一双有力的翅膀。它如在梦中，恍惚地走着。眼睛里飞满了白云，飞满了彩蝶，飞满了群鹰。它不知不觉地爬上了山。眼前忽然空了。它停下来，身后的羊群也停下来，开始低头吃甘甜的草，有些羊感激地望望它，咩咩地叫几声，又低头贪婪地吃。这里没有羊群来过，茂盛的草，美丽的花，清爽的风。

它没有吃草，走了这么久，它也没感觉到累。它愣愣地望着眼前的空白。它眼前是个断崖。它听见心里有双翅膀呼啦啦扇动，击打得草丛伏下了身子。它扭头看自己的身体，奇怪地发现背上生出白色的长翅。它激动了。飞翔的渴望吞食着它，如同阳光吞食黑暗。它眼前无限光明。它伸展翅膀，飞了起来，身后的羊群紧紧地追随它，一起飞向断崖深处……

吞冰人

李觉穿上酒店为他定制的缀有很多发光小鳞片的衣服，站在酒店中央的高台上，把冰块快速地吞进肚里。人们发出欢呼声。

李觉时常感觉内心紧张，是一种说不清道不明的紧张。而且没有任何征兆，不分时间地点，紧张起来就会面色苍白，手足颤抖，说不出个囫囵话，脑门和后背渗出层白毛汗。这种感觉很难受。他试过无数种办法，嚼口香糖，深呼吸，抽烟，喝酒，都不能缓解，后来去了医院，也查不出个所以然，连心理医生也没办法。

李觉很痛苦，后来听说到河里挖一种白茅根和泥鳅一起炖汤喝，能治紧张病。他跑到郊外的河边，用铁锹划拉开水面上的垃圾袋和空饮料瓶，挖了些白茅根，又到鱼市买了些滑溜溜的泥鳅。回到家满身汗，当他把泥鳅和白茅根弄干净放进锅里时，忽然紧张了。他喘着粗气，胸脯剧烈地起伏着，他挨到冰箱前，打开冰箱。其实他这时候思维一片混乱，根本不知道为什么打开冰箱。也许是觉得发热想让冰箱里扑面而来的凉气清醒一下。

他打开冰箱后，又做了一件奇怪的事情，他抠掉了一块冰箱壁上结的冰，塞进了嘴里。在他此刻混沌的思维里，并不知道他在做什么。冰入口里，滑进肚子，一阵寒凉。他哆嗦了几下，忽然不紧张了。他高兴得跳起来，连厨房里发出了浓重的焦煳味也没有察觉。

李觉找到了治疗紧张的良方，每当紧张了，就弄块冰吞进肚里，立马恢复正常，只是肠胃要冰寒好久，这比起紧张的难受和痛苦，可以忽略不计。

他老婆不喜欢他，李觉长得很普通，往人群里一扔，就难以再找出来了，这还不是最主要的，最主要是不能挣钱，这点才是核心问题，才是根源。自从李觉患上了紧张这种怪病，工作受到了很大影响，酒店经理说了好几次，说酒店闲人太多，竟然还有人拿奇怪的借口影响工作。老婆和他吵了几架，回了娘家。

李觉随身携带了一个保温杯，里面装满了冰块，每到紧张病发，他就打开保温杯，倒些冰块吞进肚里，立即恢复正常。这样过了段时间，李觉需要的冰块量大大增加，这很正常，病人服同一种药，时间长了，就会产生抗药性。李觉不得不一再把随身带的保温杯换大。当经理宣布辞退李觉的时候，李觉紧张得尤其严重，差点晕厥，他慌忙打开保温杯，把里面的冰块迅疾地全部吞进肚里，这才恢复正常。

这时他看见面前的经理脸色发白，瞪大了眼睛，张大的嘴露出新补的虫牙。他甚至怀疑是不是经理也有紧张病，他看着自己手中空荡荡的保温杯，有些惶恐，怎么没留下一点冰，可以倒进经理嘴里，缓解了他的紧张，兴许他就收回成命，还可以让自己在后厨干杂活。李觉沮丧地转身离开。

经理却追上来，拉住李觉的手。经理的脸上红彤彤的，脑门闪出油亮的光芒，说，哎呀，人才啊，老李，你可不能走，酒店就靠你了。李觉糊涂了，想，我哪里要走，是你赶我走啊。经理用力握住李觉的手，热情地摇晃着，眉眼眯成了一条缝。

酒店在报纸上和网上打出广告：欢迎各位朋友来煌煌大酒店用

餐，您不但能品尝到各色美味，还能观赏"吞冰奇人"的精彩表演，您还等什么呢？于是，看到这条广告的人，什么也没等，直接跑来了。煌煌大酒店人满为患。李觉穿上酒店为他定制的缀有很多发光小鳞片的衣服，站在酒店中央的高台上，把冰块快速地吞进肚里。人们发出欢呼声。酒店为他配的助手不停地把冰块运来。这些冰块是酒店特制的，是椭圆形，没有棱角，这种细节上的关怀，很让李觉感动，他只能尽力吞冰，满足看客的愿望，也回报给酒店忠诚。

　　酒店给李觉开出了天价薪水，很快，他老婆也回心转意了，对李觉柔情似水。李觉吞冰的时候更加卖力，而且时时挑战自己的极限。李觉出名了，电视上，报纸上，网上都大标题报道"吞冰奇人"的事情。名是脑袋，利是尾巴，出名后利就紧跟着来了。很多商家找李觉拍广告，一句"荒唐牌胃药，我的吞冰保镖"，就挣了几十万元，还有"穿上宇宙牌衬衣，吞再多冰也不怕"等，都给他带来了滚滚的财富。李觉买了豪宅，名车，但他还在煌煌大酒店表演吞冰，人不能忘本啊，这点更让人们敬重。李觉对目前的一切很满意，唯一感到缺憾的是下班回家后，因为浑身寒冷，要在热水里泡好几个小时才能慢慢恢复。

　　没过半年，李觉感到了压力，因为很多人也开始吞冰了，而且花样繁多。有个美女一丝不挂的站在冰块里，吞下半桶冰块，美女身后的大红横幅上写着"吞冰艺术家冰雪儿表演现场"，很多记者和评论家到场观摩。这样一来，风头盖过了李觉。人们纷纷说，看完冰雪儿的表演，才知道李觉的表演太烂了。

　　李觉惶然了，再上台，忽然紧张了，面色苍白，手足颤抖。他急忙吞冰，想缓解紧张，谁知反而加重了紧张，最后他仓皇地逃下台，昏厥在卫生间的地板上。

鸟语花香

我在想，被千百朵花装扮起来的太平间回荡着千百只鸟的欢叫声，该是何种景象……

好久没见老卷，打手机停机，我骑着电动车去找他。门上一把锁，问他的邻居，一个胖男人抱出个纸箱说，老卷去太平间两个月了，喏，这是老卷留给你的。我愣了一下，带着一纸箱旧书怏怏地走了。

我喜欢淘旧书，时常徘徊在旧货市场，认识了老卷。老卷光头，瘦高个子，穿一件土黄色旧中山装，腰里挂着个老年机。老年机大概是他从哪里收的旧货，音箱黑漆掉得斑驳。放出来的声音倒很响亮，音质也不错。老卷放的不是河南豫剧，不是太康道情，而是鸟叫声。麻雀、画眉、百灵、燕子、斑鸠、布谷鸟、鹌鹑、嘀嘀翠、乌鸦、喜鹊……我能听出来的也就这些鸟，听不出来的，多了去了。我在一阵喧闹的鸟叫声里，挑选好一捆书，准备砍价。

老卷挤巴几下细小的眼睛，大嘴角扯出笑，说，老弟，五十块钱估堆卖给你，你说喜欢哪类的，留下手机号，以后收到好书都给你留着。我不好意思再说什么了，掏钱，在鸟叫声里离开了。老卷说话算话。一天下午，我接到老卷的电话，老弟，劳你大驾来我家呗，家里有很多你喜欢的类型。我问，老卷，你家在哪儿？他哑着嗓子说，彩虹路东段北拐桃花小道一百五十米左拐一百米贵豪小区白银单元黄金十五号。我懵了，在康县十几年了，还没听说有这个小区和单元名字。我好奇地骑上电动车去了。桃花小道一百五十米左拐一百米，眼前出现了一片老房子。这片房子大多租给了做小营生的人，这大概就是老卷说的贵豪小区了。白银单元黄金十五号，我是无论如何也找不到了，就给老卷打电话。他应着声，出来接我。

七拐八拐，在几间房子前停下，老卷说，到了。我指着房子说，这是白银单元？老卷揉几下圆鼻子，指着房顶上的白铁皮，说，是啊。我恍然大悟，笑说，那黄金十五号呢？老卷领我走到窗户玻璃上涂了黄漆的房子前，说，黄金十五号。我哈哈大笑。

进屋，南墙下的床铺倒干净，靠西墙摆着煤气灶、锅碗瓢盆。东墙北墙几个木柜子。老卷的屋里开满了花朵，不但地面有、墙上有、床头有，连柜子、锅灶、玻璃上都是花朵。各种花插在各种形状的空酒瓶里，摆放在所有能立住瓶子的地方，不能立住瓶子的地方，就把花束用透明胶带黏。牡丹盛开在床头，月季浓放在锅灶角，玫瑰芬芳在鞋柜上，菊花傲然在衣柜门，梅花高立在墙壁上……老卷这时拧响老年机，鸟叫声汹涌澎湃成海潮。我惊呼，老卷，你家可是鸟语花香啊！老卷嘿嘿笑，翘了大拇指，说，还是读书人有见识。

老卷的旧货仓库在隔壁，旧书分门别类摆放在一角，我挑了很多文学类的书。走的时候问老卷，你喜欢鸟和花，怎么不养些真的，弄些塑料花和鸟声录音，有什么意思？老卷嘿嘿笑，露出几颗大黄牙，说，真能听进去真鸟假鸟都一样，真能看进去真花假花没分别。一路上我捉摸老卷的话，觉得老卷还真是不简单。

半年后的一天，我在街上走。忽然肩膀被人拍了下，说，老弟，好久不见了。我忙转头，吓了一跳，原来是老卷，你不是去太平间了？老卷摘下耳机说，是啊，县医院的亲戚给我找了个看太平间的活。老卷还是老样子，只是不再穿那件土黄色中山装了，穿了件蓝色新夹克。我问，你还鸟语花香吗？他拔下老年机的耳机插头，一阵欢快的鸟叫声传来。我们相视着哈哈笑了。

分手时，老卷大声说，老弟，记得来太平间找我玩啊。我忙答，一定，一定。几个路人侧目，惊讶地看我俩。我在想，被千百朵花装扮起来的太平间回荡着千百只鸟的欢叫声，该是何种景象。

雨　夜

小城各网站的记者，背着相机，现场记录跟踪报道。很快，"一条从天而降的白鱼，飞翔在康县夜空……"这条新闻在各网站快速传播。看到这条新闻的人，从家里纷纷跑出来，加入到捕捉白鱼的行列。

一条白色的鱼，飞翔在蓝色的夜雨中。

这天夜里，下起了大雨，哗哗的水声里，地面盛开无数水花，水花气味芬芳，混杂着阳光和尘土的奥秘。天地被雨水连成了一片，可以说雨从天空落下来，也可以说雨从大地射向天空。雨，像在天地间横挂了条河。一条白色的鱼游在这条奇特的河里。

白鱼像一只小白鸟般飞翔，轻盈地飞过落地窗，飞过几棵芭蕉树，银色的身体曼转着，向东南方向飞去。东南城郊有条河，从西北蜿蜒来，往东南逶迤去。鱼借助雨，想投进大河，汇入大海。有个人看见了这条神奇的鱼。他抄起雨伞，拎着捕网冲到雨里。

街上有很多行人，看到有个人左手举着伞，右手举着捕网，浑身湿淋淋的，大喊大叫着逮一条会飞的鱼，都停下了脚步。有拿手机拍照的，有帮忙逮鱼的。街上闹哄哄的。很多车辆也都停下来，打亮灯光，让人们好捉住白鱼。白鱼在一人多高的空中灵巧地飞着，像只白色的雨燕。白鱼一次次躲过人们的捕捉。人群越聚越多，很多人跑进路边的渔具店，购买捞网，撒网，甚至还有人买地笼。大家手持着各种捕鱼工具，呐喊着一起逮这条白鱼。雨水很大，人们仰头时根本睁不开眼睛。

很多人站到轿车顶上，围堵白鱼。白鱼只好调转方向，站在轿车上的人无奈地摇头叹气。有人又想到一个办法，用烟花筒击打白鱼。很多人都赞成。有人却反对说，这么大的雨，烟花淋湿了，肯定点不着。烟花店老板很生气，瞪圆眼睛说，就是把我的烟花放进河水里泡着，也照样燃得着，照样让天空绽放七彩的火焰。很多人把烟花放在开满水花的地面，用雨衣遮住雨，点燃烟花。随着爆炸的声响，无数烟花呼啸着射向蓝色的雨空，然后绽放出千姿百态的花火。白鱼在烟花照耀下，身姿柔美，动作优雅，亮晶晶地宛如一朵阳光。有人叹道，这条鱼是不是从天上飘下来的。有人说，一定是从银河里跳出来的。有人附和，大概是外星人养的鱼。

小城各网站的记者，背着相机，现场记录跟踪报道。很快，"一条从天而降的白鱼，飞翔在康县夜空……"这条新闻在各网站快速传播。康县看到这条新闻的人，从家里纷纷跑出来，加入到捕捉白鱼的行列。邻近各县的人，也冒雨驱车来到小城，车还没有停稳，就握住捕网，跳下车来，冲向喧嚷的人群。很多工程车加入进来，让白鱼危险重重。这些高大的工程车，排成一排，用捕鸟的大网来逮白鱼。白鱼只好不停地转弯，这样离东南方向那条河越来越远。幸好是夜里，路灯光和车灯光照在密集的雨滴上，反射、折射无数光芒，让人们眼花缭乱，这条白鱼才一次又一次地躲过危险。

白鱼累了，天色也渐渐明亮。白鱼卧在一棵断头的梧桐树上一动不动。雨还在下着，但气势弱了。每个人都明白，天亮了，雨就停了。大家商量后，统一做了安排。几辆挂着粘网的工程车慢慢围住树。大家紧张起来，每个人的神色都沉重阴郁。大家心里有个问题，这条白鱼被捉到后，该如何分配呢，这里有成千上万的人啊。

白鱼突然再次飞起来，摇着尾巴，扭着身躯，尾鳍、胸鳍像翅膀一般扇动，直直向上飞，飞进天空深处。每个人都仰着头看，直到白色的鱼慢慢融化进浩渺的宇宙里，人们才回过神来，揉着酸疼的脖子，彼此看着湿淋淋的狼狈样，心里想发笑。有人忍不住了，哈哈笑起来。笑声像风吹麦浪，一波波地响起来。这个雨夜，注定徒劳无功。雨停了，太阳出来了，笑声响彻在小城的上空。

雨夜一共是几个小时？八个？十个？也许是，也许不是，也许是十年、百年、甚至更长，长到等同于人类历史。如果没有那条白鱼，雨夜就会静静地沉闷地过去，会多么无趣。就算有白鱼，却又是空忙一场。雨夜有白鱼好呢，还是没白鱼好？谁知道呢。

红月季

红月季说："嗨，你挡着我的阳光了，才误以为我生活在阴影里。"
我吃惊："你会说话？"

我的脸好久没见到阳光，长满了霉锈。
我无数次怀念阳光洒在脸上的惬意。
黑暗是从一个冬夜开始的。

罕见的温暖的冬夜，月朗星稀。我翻墙进了开除我的工厂，撬开会计室，利用我的手艺轻易地打开了保险柜。几捆崭新的红色钞票，整整齐齐地躺在银灰色的不锈钢横隔里。

我拿出一捆，数了四十张，把余下的又放了回去。四十张，正好是工厂欠我半年的工资。

我下楼时，碰到了巡夜的保安老刘。他一把揪住我，大喊大叫。我搡了他一把。他摔倒在楼梯上。老刘有心脏病，在救护车里，他说出了我，然后，就死了。我爬上一辆过路的煤车，来到了这里。躲进了阴暗的小屋。

我用手指抠着脸上青铜锈般奇痒恶心的鳞片，望向窗外。一棵瘦弱的红月季，在墙角的垃圾堆里盛开。

我破天荒地在白天走出了屋，走到红月季前。她的花瓣很美好，像朝霞。可惜，她在阴影里。

我说："你很美好，却生活在阴影里。"

红月季说："嗨，你挡着我的阳光了，才误以为我生活在阴影里。"

我吃惊："你会说话？"

她不高兴地说："有生命的东西会说话你奇怪什么？"

我点点头，躲开，果然，大团的阳光在红月季脸上灿烂。

我羡慕地说："阳光照在脸上真好。"

她笑了，说："你背对着阳光，阳光怎么能照在你脸上？"

我恍然大悟，回转身，红月季般的阳光飘满我的脸。

我走向镶嵌着警徽的建筑时，脸上的霉锈开始一层层脱落。

第四辑　爱情空间

　　　　这章选取的是一组作者思考爱情的小说作品，小说对爱情和婚恋进行了各种角度的诠释，爱情的美好，爱情的悲哀，爱情的不可捉摸，爱情的酸甜苦辣，读完这些小说，有一种难言的感触弥漫心头，关于爱情，你也会有更多的思考……

一朵芬芳的花

　　阳光温暖地洒下来，笼罩住赵兰，把她小巧的身子融进无限的灿烂中，像一朵芬芳的花。

　　初夏的一天，李航去一家私校应聘语文教员，校园里有一棵桐树，喇叭样的花朵散发着幽幽清香。

　　校长看了看李航的简历，又看了看他发表的小说，点点头，说，在苦日子里还保持上进的心，我愿意给你机会。

　　从小就苦惯了，受苦不怕，上进？李航想，也许校长指发表的小说，唉，那算上进吗？那是在寂寞里泪水与星光的对话。

学校同年级段只有一个办公室，大而凌乱，一张办公桌就是一位老师的天地，李航旁边是英语老师赵兰，去年刚本科毕业。赵兰个子不高，扎着马尾，眼小，腮上有雀斑，但整个人很干净，透着一种安宁。

李航租住的小屋离学校很远，他开了个小伙，弄些馒头稀饭吃，中午休息的时间只有一个小时，没有时间回去，只好在学校附近的小吃摊对付一顿。小吃摊上的饭啊，李航说，头疼。其实李航头不疼，是胃疼。

李航真想吃一碗软软的面条。

杨树叶子又宽又厚，闪着绿色的亮光。赵兰进办公室，杨絮挂在她的身上、头发上。李航说，有碗面条吃就好了。赵兰说，明天中午，你交给我三块钱，我多做点。李航说，那好呀。

赵兰租的房子离学校很近。

面条细白长软，筋道。清水煮，放进青菜，葱花，西红柿。一股香味弥漫，李航的口水直往喉里吞。

李航基本上每天中午都会去赵兰那里，吃上一碗面条。

一大一小两只碗，大的是白色的瓷碗，小的是蓝色的瓷碗。李航用大碗，大口吃着面条，与对面用蓝碗的赵兰说些闲话。

俩人没目的地说话，很快，面条就吃完了，李航会在碗底见到一枚金黄的荷包蛋。什么时候开始见到的，李航忘了，似乎李航要加钱，赵兰说都是同事不赚你钱了，三块钱，够。

日子水一样哗哗地流淌。

这天，赵兰依然轻轻地煮面条，轻轻地切菜，面快熟时，赵兰冲李航点点头，李航去水房洗手。每次李航洗完手回来，面条已经舀进一白一蓝两只碗里了。

　　李航甩着湿手从水房回来时，火已经关了，一锅面条青青红红白白香香地舀进两只碗里，却不见赵兰。

　　阳台上传来赵兰接电话的声音。

　　李航瞅瞅面前的两只碗，心里动了动，他端起蓝色的碗开始吃面条，一边吃还一边把玩，思忖赵兰回来发现换碗了，会有怎样的一番玩笑。一小碗面条李航很快吃完了，吧唧几下嘴，忽然感觉有什么不对劲，什么呢？李航拼命想，拼命想，他起身，走到那只白碗边，伸筷子进去，一搅，一枚金黄色的荷包蛋浮上来，李航愣住了。

　　李航轻轻走向阳台，赵兰正背对着他接电话，好像是赵兰的母亲打来的。

　　阳光温暖地洒下来，笼罩住赵兰，把她小巧的身子融进无限的灿烂中，像一朵芬芳的花。

　　李航走到赵兰身边，静静等着，等着赵兰挂电话。

　　赵兰微笑着挂上了电话。

　　李航说，兰，我以后吃面条，打算不付钱了，可以吗？

桃花笑

**　　他的身体慢慢地膨胀，像被吹进气体的气球。越来越大。每一寸皮肤都涨得难受。越来越大。砰！炸了。**

　　小刚初见桃花，是个春天。

　　一片桃林，正是花开时节，粉嘟嘟红艳艳的花朵闪耀着明媚的阳光，几只鸟儿在花间跳来跳去。一个女孩，穿一身天蓝色的牛仔服，一双雪白的运动鞋，扎着根黑马尾，站在一株怒放的桃树前。女孩正在笑，所有的阳光都照在了她的笑脸上。小刚迷糊了，觉得眼前的世界不是原来的世界了，莫名其妙地想哭。

女孩叫桃花。

小刚第一次托媒人提亲，被拒绝了。小刚锲而不舍。小刚千方百计。彩礼从开始的两万，涨到了八万。小刚爹气得用头撞树。小刚亲自去了桃花家，把十万块钱放到桃花爹娘面前。

桃花嫁给小刚后，就不会笑了。

虽然如此，小刚还是非常疼爱桃花。

小刚拼命地跑车，想多挣钱，一是怕桃花受委屈，另外还要还娶桃花时借的钱。这样，一年倒有大半年不在家。桃花就出事了。

小刚爹在桃花进门的第二天就把锅盆扔到了小刚面前。小刚咚咚磕了几个响头，起身拉了桃花就走。这就算分门另住了。小刚在县城租了套房子，买了锅碗瓢盆，过起了日子。桃花整日不笑，但也不闹不吵，也不和小刚说知心话。

小刚千想万想也想不到桃花和一个摄影师跑了，用私奔可能更贴切些。小刚快炸了，多年过去，回想起当时的感觉他仍会一阵阵心悸。炸！小刚感觉身体空了，似乎要飘起来，他忙抓住沙发扶手。仍然感觉身体在升腾。他的身体慢慢地膨胀，像被吹进气体的气球，越来越大。每一寸皮肤都涨得难受，越来越大。砰！炸了。小刚眼前一黑，脑袋轰了一声，张嘴喷出口腥血。

醒来，小刚把家里砸了个稀巴烂。

听人说好像在去郑州的车上看见过桃花。小刚就买了张去郑州的车票。

到了郑州，小刚整天在大街小巷寻找影楼，那个摄影师只能到这种地方来。摄影师和小刚是邻居，白白净净的一个人。见到他，小刚会一刀捅进他的胸膛，看看人的色心是个什么模样。桃花，小刚想，一定是摄影师诱骗了她。小刚想来想去，心里长满了霉毛。

这天，小刚溜溜达达来到广场，看到有人站在一个两米高的木梯上画一幅宣传画。小刚觉得那人的背影很熟悉。小刚走近，血噌一下涌到头上。那人就是那个摄影师。正午的阳光，很温暖，小刚浑身发冷，握紧怀里的刀，一步步走向摄影师。这时候，桃花出现了。

桃花没看见小刚，也许桃花除了摄影师并没朝其他地方看。桃花提着一个食品袋，站在梯子下喊，满脸灿烂的笑。所有的阳光都照在了她的笑脸上。

小刚望着桃花的笑，觉得整个世界都明亮了，生动了。

小刚转身走了……

左 右

她穿了件宽松的黑色超短裙，一双白玉般的大腿，胸前一道深深的雪沟。她黑白分明地扭出去，钻进了一辆白色的小轿车。

那天我三十五岁，初夏鲜艳的阳光从玻璃门外渗进来，橘黄色的柜台上，爬满了灿烂。美美推门走进来。其实，两分钟后，我才知道她叫美美。她掏出身份证，说："长期包房，先交一个月的钱。"看她轻车熟路的样子，我拿出票据和笔。

美美有着她们那种职业所独有的气质——暧昧、颓废、玩世不恭、媚魅、疯狂、迷乱。

　　她扔过来一支烟，我说："住三楼吧，306。"她无所谓地笑笑，不置可否地掷过来一卷钱。我收钱开票，给她拿钥匙。她穿了件大红的薄毛衣，直盖到大腿根，肉色丝袜，跐双花布鞋，提着个大蓝帆布背包。她把钥匙弄得哗哗啦啦地响。她忽然在楼梯上立住，歪了头问："你没来多长时间吧？"我看着她那张被修饰得花花绿绿但很好看的脸说："刚来一个多月。"

　　过了一会儿，她从房间打来电话，说淋浴头坏了。我拿了个淋浴头和一把活口钳子，急匆匆地爬上去。她的门半开着，我走进去，她用一条大浴巾裹着凸凹分明的身体，赤着脚，小腿外侧绣了只翩翩飞舞的花蝴蝶。她披散着头发，侧歪头，俏皮地香郁郁地站着。我的心狂跳起来。

　　下午回到家，小兰做了一桌子菜，说："你们哪儿咋回事？请假也不准。"我答："人手太少了，我还要去上晚班。"端饭的时候，小兰又把大拇指甲浸到汤碗里了，我一阵恶心，忍了忍，没忍住。同以前一样，一番争执，她委屈地哭，又是一顿没滋没味的饭。我的心像悬崖边飘着的一张彩色的糖纸，这种感觉，糟糕透了。

　　这种感觉什么时候开始有的呢？是从乡下进城后才有的吗？是我自学拿到了本科文凭后才有的吗？是和目不识丁的小兰结婚七八年后的忽然一日才有的吗？是无缘无故地活着时无缘无故地就有的吗？

　　去上晚班的时候，小兰冷冷地在我身后说："自从去了这家小宾馆，你越来越奇怪了。"我忽然吃了一惊，后背有些悚然。

　　我心不在焉地看电视。快十一点了，美美飘下楼。她穿了件宽松的黑色超短裙，一双白玉般的大腿，胸前一道深深的雪沟。她黑白分明地扭出去，钻进了一辆白色的小轿车。我更加心不在焉地看电视。凌晨两点，美美回来了。她步履蹒跚，满身酒气。上楼梯时，绊了一个趔趄。我只好扶着她上楼。

在她房间，我也像喝醉了酒，竟然把手探进她胸前那条深深的雪沟。我心里很明白：她们是邪恶的幽灵，不会带给我幸福；她们是包裹着蜜糖的毒药，能致我于死地。我却不能自抑。这时，小兰倚在门口冷笑，最后竟笑得弯了腰。我打了个激灵，在美美的胸口释放了……

小兰用手撕扯着我满脸泪水地说："我没法跟你过了。咱离婚吧。"

我知道，小兰其实并不想离婚。我只要说点软话或者拖几天，我和小兰的契约就不会从红色变成蓝色。但我没有。我和小兰离婚了。

我去宾馆辞职的时候，去了一趟306房，房间门开着，清洁员正打扫房间。我问："阿姨，这房间里的人呢？"她低了头一边吸尘一边说："没人啊。"我没有再问。

这么多年我没有再见过美美，有时想来，仿佛这世间从来就没有过美美这个人。小兰，我也再没有见过。

大　哥

后来，槐花来我家找大哥。槐花穿着粉白的衣裳，像朵好看的槐花。她戴着近视眼镜，很文气。

结果出来后，我抬头看大哥。从大哥憔悴的脸颊旁边，我的目光到了窗外，一棵树的叶子全变黄了，无风，仍不时地坠落几片。大哥，很快就是其中的一片黄叶。走出医院，大哥说，小辉，求你件事。

我也是两鬓斑白了，但大哥还是延续着儿时叫我"小辉"，在他眼里，我这个比他小十几岁的堂弟永远是"小弟"。

大哥成孤儿时，母亲收留了他，因为他救过我的命。那年我在河边捞蚌，失足滑入深水里。瞬间，那条看似平静的河吞没了我。我在水中没有惊慌，虽然我不会凫水，我任凭自己一点点下沉，不呼吸，当然不会呛水，只是胸口憋得难受。我睁大眼睛，眼前是个混沌的世界，发散土黄色的光芒，有那么一转念，我感觉自己不是在河里，而是在土中下沉，黄色的土，无边无际，却安静得出奇。我想起窗檐下笼子里新捉的蝈蝈，明天是第三天，一定会鸣叫。再想，父母找不到我，一定很着急。我忽然害怕了，我要死了。眼前的一切转眼成了漆黑，像暗夜里摸索火柴，我伸手摸索并开始挣扎。我的头伸出了水面，眼前那么一亮，我来不及呼吸或者看清世界，又重新沉入死神的怀抱。突然，一股力量拉住我的手，我来不及反应，就到了岸边，我一边咳水一边哭。我不告诉婶子。有人说。我转头，一张圆脸映现出来。大哥救了我。他的确没有告诉任何人，我却不能保密，告诉了母亲。结果是母亲边哭边用鞋底狠狠地捧我。

大哥的父母比我的父母年长，我应喊作大爷和大娘。听说，大爷喝了两斤白酒，骑着自行车带着大娘过柳树沟的断桥，摔了下去，双双殒命。母亲说，这娃救了小辉的命，住我家。我似乎听见了堂屋坐着的很多亲戚都暗自嘘了一声，然后气氛忽然轻松，像阴转晴的天空。

大哥初中毕业后跟着镇上的刘木匠学手艺，没几年，大哥长得高高大大。我考高中的时候，听父亲说大哥和邻村一个叫槐花的女孩要好，女孩是方圆五十里唯一的高中生。母亲叹气，这娃心高啊，恐怕这事情弄不成。我成为方圆五十里第二个高中生的时候，槐花

遇见另一个自己

却回村了，因为她没考上大学。她的眼睛也弄近视了，转眼从金凤凰变成了落毛鸡。母亲说，这事情有门儿，就喊大哥回家商量。大哥低下头，摇成个拨浪鼓。不答应？母亲很奇怪。再问。大哥不语，眼泪随着摇头扑簌簌飞溅。

后来，槐花来我家找大哥。槐花穿着粉白的衣裳，像朵好看的槐花。她戴着近视眼镜，很文气。我们这时候才知道槐花上高中的学费是大哥帮她交的。我们不知道大哥从哪里弄来的钱，他当学徒管吃管住但不开工钱。后来，槐花又去镇上找大哥，大哥不理槐花。槐花就来我家哭。

母亲喊回大哥，骂，看人家考不上学了，眼睛不能干农活，就嫌弃人家？大哥还是低头不语，再问，就流泪。大家知道了这事，都骂大哥，说他当初帮槐花是看槐花能考大学，现在没指望了，就嫌弃人家，真不实诚。半年后，槐花和北大洼村的一个男人定亲了。槐花最后一次找到大哥。大哥还是不理槐花，槐花哭着走了。后半夜，槐花竟然一根绳子吊死在村头那棵大槐树上。因为是凶死，槐花没能进祖坟，一个小土丘葬在河坡，后来涨水，小土丘也消失了。

大哥终身未娶，土地和宅基地被征用后，他在城郊买了间小平房，独住，把剩下的钱都给了我母亲。一次大哥醉酒，我才知道当年他为什么不娶槐花。原来，帮槐花交学费的钱，是大哥的卖血钱。和他一起卖血的十来个人，大半染上了艾滋病。大哥听说这病能藏在身体里十几年再发病，就不敢娶槐花了，又不敢跟人讲。没想到，这么多年过去了，大哥安然无恙。但一切都太迟了。

大哥查出肝癌后，表情很平静，只是让我陪他回阔别很久的家乡，再看看村头那棵大槐树。我开车带着大哥回乡下。平坦的水泥路让人犯困，一模一样的楼房，千篇一律的太阳能路灯，还有鳞次栉比的座座工厂。但怎么也找不到生养我们的村庄了，更找不到村头的那棵大槐树了。回来的路上，大哥说，小辉，最后求你一件事，一定把我的骨灰放进槐木做的匣子里。

像黑夜一样入睡

柳英杰一夜没合眼，晨色朦胧，他起身又去了老屋。站在废墟前默默然。大伯告诉他，他父亲的坟早在三年前发大水时就冲没了。他对着废墟跪下，磕了三个头。

柳英杰上初中时有一次去久未住人的老屋。院里一人高的野草随风张扬。一条红花大蛇盘坐在歪扭低矮的枣树上，树高了柳英杰一头，蛇高了柳英杰半头，对视良久，柳英杰心里呼呼地长出恐惧，手发凉，发倒竖，腿发软。柳英杰落荒而逃。

小玲挑着好看的眉毛，放下啤酒杯，问："你讲的是梦还是真的？"问完，用墨绿色的指甲抵住下巴，半俯下身子，斜着仰视柳英杰。柳英杰点点头，从乳沟上移开眼睛。

小店放着《青春圆舞曲》。这是柳英杰比较喜欢的曲子。小玲掏出烟，点燃。柳英杰淡淡地叹了口气。小玲笑了笑，摁灭烟，把它连同大半盒烟、打火机统统扔进脚边的垃圾桶。

天亮，柳英杰在小玲家醒来。起床，洗漱，出门。柳英杰轻手轻脚，没惊扰猫般酣睡的小玲。

柳英杰下午回来，远远看见小玲。他闪身躲进一家音像店。看着穿低胸装的小玲像走在弹簧上，渐行渐远。看打扮，她是去"夜玫瑰园"上班。小玲还是没舍得离开"夜玫瑰园"。柳英杰心里好像被火红的烟头灼了一下。眼睛里起了红彤彤的光，仿佛泉水里燃起了篝火。柳英杰搪塞向他推荐成人高清碟的老板，走出音像店，身后传来老板的嘟囔："装什么清高，看女人看得眼都直了。"

柳英杰踩着梧桐树影慢慢走，突然想要回老家看看。他上初中那年的冬夜，眼巴巴地看父亲艰难地咽下了最后一口气。母亲早在半年前已不知去向。星期一，他走出家门，没去学校，顺着铁轨走，一直走，望见这个小城时，一头栽倒了。十多年了，他一直生活在这个小城，没回过老家。零活、杂工；白眼，施舍。交织在柳英杰成长的日子里。今天，他突然想回老家看看。从新闻里知道，老家的坟一年前都被铲平了。父亲的坟也肯定荡然无存，变成了麦田或棉花田或辣椒田。老家，他什么也没有了。他忽然想起了老屋，不知老屋现在什么模样。

小玲来电话。柳英杰说："我现在正坐在回老家的长途客车上。"沉默片刻，幽幽的声音传来："我今天辞职了。你早些回来，曼曼快过生日了。"柳英杰从喉间"嗯"了一声。小玲的音调提高了八度："两天期限，到时不回，姐姐就追到你那个兔子都不愿拉屎的鬼地方，让曼曼捏着你的鼻子灌辣椒水。"

老屋已经塌了。柳英杰站在一片废墟前。无数野草茁壮地生长着，那棵枣树仍不高大，枝干苍虬，长满细琐的绿叶。余晖斜照，柳英杰感觉有些无名的凉意。

柳英杰去了大伯家。单身的大伯煮了一锅南瓜汤。柳英杰从挎包里拿出酒，几袋牛肉。大伯半瓶酒下肚，开始骂人，并怂恿柳英杰要回属于他的宅基地和二亩六分责任田。日头刚刚落进西边的山谷，天地就黑了。

山村的夜是名副其实的黑夜，包容一切。柳英杰睡意全无。他想起曼曼。三天后就是曼曼的三岁生日了。想起曼曼柳英杰一阵阵地心悸。曼曼问："你是我爸爸吗？"柳英杰无言以对，拿眼看小玲。小玲说："曼曼，到了你三岁生日那天，爸爸一定会回来。"曼曼眼睛里浮起幸福的光芒。

柳英杰一夜没合眼，晨色朦胧，他起身又去了老屋。站在废墟前默默然。大伯告诉他，他父亲的坟早在三年前发大水时就冲没了。他对着废墟跪下，磕了三个头。

柳英杰敲门。门开了。曼曼身后站着穿玫瑰红高领毛衣的小玲。

柳英杰疲惫地躺在沙发上。厨房里小玲哼着歌。曼曼悄悄地溜到柳英杰身边，挨着他坐下，问："你应该就是我爸爸了，你的眼睛为什么是红的呢？像一只老兔子。"柳英杰笑了，打个哈欠。曼曼也笑了，用一双肉嘟嘟的小手盖住柳英杰的双眼，唱："兔宝宝，听话话，乖乖地睡觉。"柳英杰听话地闭上眼睛，像黑夜一样睡去。

夜 花

导读： 人们拉开小孩。一个鼻子流血了，一个嘴巴流血了。刘明拉着一个小孩去水管洗鼻血，洗完，直起身，望着给另一个小孩洗嘴巴的薛丹。薛丹没说话，凄楚地摇摇头。

刘明和薛丹走进一栋摇摇欲坠的楼房，还没来得及搜救伤员。地面突然轰隆隆炸响。

余震！刘明想把薛丹推出去，但来不及了。

俩人被埋在废墟中。

刘明觉得左臂钻心地疼。他顾不得查看自己的伤势。薛丹！薛丹！他大声喊。

我在这里。薛丹回应。刘明摸过去，摸到了瑟瑟发抖的身躯，一把抱住。

几块水泥板落下来时恰巧交叉着搭成了一个不大的空间。刘明和薛丹才幸免于难。

刘明的左臂被断水泥板里的钢筋挂伤，还好，不算严重。薛丹毫发未伤。俩人紧紧地抱在一起，彼此感受着对方的心跳。

两年前的那场大地震夺去了刘明的妻子，也夺去了薛丹的丈夫。俩人在救护帐篷里相识。病床挨病床。刘明一直鼓励安慰薛丹。刘明的善良热情，慢慢地驱散薛丹心头的阴霾。薛丹的大方美丽也慢慢被刘明爱慕。

阳光下，两个小孩扭打在一起，旁边，散落着几把五颜六色的野花。

人们拉开小孩。一个鼻子流血了。一个嘴巴流血了。刘明拉着一个小孩去水管洗鼻血，洗完，直起身，望着给另一个小孩洗嘴巴的薛丹。薛丹没说话，凄楚地摇摇头。

时隔两年，这里竟然又发生地震。刘明和薛丹加入自发的临时救援队，分组搜救伤者。没想到被困在废墟里。

时间分分秒秒过去。刘明说，也许没人知道我们被困。薛丹呜呜咽咽地哭。刘明抱紧她，说，别怕。薛丹说，我没怕。又说，我们真傻。因为俩孩子打架，就没走在一起。也许，我们这次出不去了。刘明长长地叹了口气。

你喜欢我吗？薛丹问。

刘明看不见她的表情，但感受到了她更加强烈的心跳。刘明也热血沸腾。

喜欢。刘明说。

俩人热吻在一起。

相拥的身体像灿烂的花，在黑暗里慢慢盛开。

忽然一丝微光透进来。有人看见他们被埋在废墟，叫来很多人，一起打通了生命之门。

刘明在薛丹耳边说，洞房见。

薛丹吻了他一下，羞涩地说，洞房见。

这场不大的地震过去后，刘明和薛丹结婚了。

他们的两个孩子谁也不理谁。一起吃饭时还怒目相对。刘明和薛丹只好暂时各带各的孩子分开住。

这天，刘明下班，看见一个服装店搞活动，买一套送一套。他觉得划算，就给俩孩子买了衣服。薛丹的孩子个子低些。两套衣服买回来，薛丹看了牌子，脸色阴下来了。号码小的那套是普通牌子，号码大的那套是名牌。其实，刘明根本不懂牌子。

薛丹没说什么。

这天，薛丹买回来一大盒果冻。说是给俩孩子吃，培养孩子们的感情。等到刘明把孩子带来时，果冻已被吃完了。薛丹说，我的孩子太馋了，明天，你买一盒给你孩子吃吧。

刘明没说什么。

阳光下，两个小孩在大街上扭打，身旁散落着几把野花。刘明和薛丹赶到时，小孩已被拉开。一个鼻子流血了。一个嘴巴流血了。刘明拉着一个小孩去水管洗鼻血，洗完，直起身，望着给另一个小孩洗嘴巴的薛丹，苦笑。薛丹没说话，凄楚地摇摇头。

刘明和薛丹离婚了。

桃花扇

他看见一群人像蜂巢上的蜂，骚动不安，却又紧紧围在一起。有人撞到桂花树上，把树枝弄断了。他不知道发生了什么，很多工友远远地站着看，没有一个人靠近。

开完会，他弯腰系好鞋带，会场已经空荡荡了。在他的左前方，十米，有一张蓝色塑料椅。会场里的椅子都是相同的蓝色塑料椅，但他感觉这把椅子很异样。因为她刚刚坐过。

她叫玉娴或者蕴娴，他只听厂长叫过一次。在一棵桂花树旁，花还未开，他却闻到一阵芬芳。厂长喊，玉娴（蕴娴），一会儿把报表交上来。厂长嘴里嚼着什么东西，声音含混。她扭头笑了，说，好。他看见了她的笑。夏天的阳光雨点般落下来，他耳朵里响满玻璃般清脆的声音，像暮色里蟋蟀的齐鸣。

他慢慢走到那把塑料椅前，抚摸着光滑温暖的椅背。看见椅面和扶手的缝隙间有一把折叠整齐的扇子。扇子是她的，开会时她就摇着一把扇子。突然一只手抓起扇子。他吓了一跳，想从那只手里抢回扇子。发现那只手原来是他的右手，哑然失笑了。他一点点地展开扇子，洁白的扇面上怒放着一枝娇艳的桃花。

桃花艳美迷人，花瓣边缘紫红，愈往里颜色愈淡，依次霞红、粉红、浅红、水红。花蕊七彩，像秀美的睫毛。扑棱棱，花朵无风自动。

淡雅的花香幽幽浮动。他听到脚步声，慌忙折叠好，藏进怀里。

他二十一岁了，到了恋爱的年龄。晚上，他打开桃花扇，痴痴地看，梦里就有了她的身影她的笑。然后，他笑着醒来或者哭着醒来。

一年后，她出事了。

他看见一群人像蜂巢上的蜂，骚动不安，却又紧紧围在一起。有人撞到桂花树上，把树枝弄断了。他不知道发生了什么，很多工友远远地站着看，没有一个人靠近。他慢慢迈步，不知道走向那堆人还是走向工友们。他忽然看见了她。她在那堆人中间，像朵桃花被人揪扯戏弄。他大吼一声，冲了上去。

厂公告栏通知，他因为打架斗殴，扣发两个月工资。被打得嘴角流血的她只字未提。接着她消失了。从此没有消息。他内心空荡荡的，鸟儿飞过的天空，就是这种空寂。工友对他说，你也不看看情形就往上冲，那些人都是厂长老婆领来的。听说她和厂长不干不净，也是活该。

他的哑巴爹扛大包从踏板上摔下来，断了腿，他娘本就瘫痪在床，他索性从厂里辞工回家了。他接替哑爹，在粮库扛大包。

日子像本书，被漫不经心的读者哗啦啦地翻过。转眼他已经四十多岁了。其间遇到过几个女人，有机会组建家庭。但他没有。那把桃花扇，一直挂在他的床头。

这天他出门办事，忽然想看桃花扇，摘下扇子，一点点展开，望着怒放的桃花，舍不得合上。他把扇子装进夹克贴胸的口袋，上街了。太阳在高楼镶贴的玻璃片上跳跃，闪着耀眼的光。车辆很多，都拼命按喇叭。

他走过一个丁字路口，一辆越野车呼啸着从身侧蹿过来，他忙跳开，反光镜差点挂住他敞开的夹克。车未减速，撞向一个红衣女人。是她。他大吼一声，冲了上去。

真的是她。她容颜未改，只是岁月在她眼角留下了几缕浅痕。浅痕很美，像桃花扇的折痕。她一直在喊着什么，他努力听，但是听不到。他生出淡淡的遗憾。遗憾转眼就消失了，他想起了更重要的事，他从怀里掏出了桃花扇。桃花扇已经被血染红了。他递给她。她接住。他笑了。

她觉得他很眼熟，觉得桃花扇也很眼熟，好像在哪里见过。

她和人们都不知道他临死前为什么拿出一把扇子，为什么微笑。但猜测扇子对他一定很重要，就把扇子和他一起火化了。

一件红外套

男人憨憨地笑着，左看右看，看不够自己的女人。男人说："你穿上红衣裳，好看，就像咱乡下院里的一疙瘩一疙瘩鸡冠花。"说着，上前抱住女人就亲。

女人忽然渴望一件红色的外套。

世上事总有缘由，落一朵花，几声鸟鸣，也并非无缘无故。一个黄昏，女人独自走在县城的菜市场。女人手里拿着又齐整又新鲜更又价贵的蔬菜，撞上个人。

"啊呀！"声音尖锐，刺中了女人。女人一惊，看过去，声音里现出脸庞，女人有些眼熟。"这件红外套是在亿星超市买的，七百多块呢，你长眼了吗？"声音又刺来，女人一哆嗦，忆起一个人。

女人问："你是李兰？"

"呀，呀，是桂芳？是桂芳。桂芳！"声音依然尖厉，力道明显软了，李兰上下打量着女人，"老同学，老同学，你的身材还是那么好，有空一定请教瘦身的方法。我住在雅居人家六幢，有空去玩，啊，啊……"

桂芳始终抓不住李兰飘忽的目光。话未尽，人已去，一片红，耀着桂芳的眼睛。

桂芳在厨房（也是卧室兼客厅）炒着菜，锅里嗞啦响，她有了流泪的冲动。丈夫走进来，说："还不到二十五号，房东婆就开始催，不就一百五十块钱吗。"

桂芳说："我想买一件红外套。"丈夫说："中，我明天找工头先支五十块钱，你跟着我，亏了。"桂芳流了泪，泪水扑嗒掉进锅里，眨眼没影了。

那年，华子追自己追得差不多快疯了，自己偏看上了另一个男人。最后，自己的闺密李兰成了华子的夫人。发生在数年前小厂子里的平凡故事，在人世间早重复演绎得干枯乏味了，但每次的新主人公，仍然会有震撼，至而崩裂内心的天地。

桂芳说："七百多块，亿星超市。"桂芳的声音不大，她一直以来声音就轻。男人仍冷不丁地愣了愣，两眼发出讶异的光。桂芳不再说话，翻转身，面对墙。虽然男人推了一天砖头，累得骨头像散了架，但他一点困意也没有。面墙而卧的女人，恐怕也没有入眠……

本来男人想说，准备承包工地上推砖头的活，有好几个人已经承包了，俩人吃得苦，一天能弄个七八十块钱。女人蜷缩得像只受伤的虾米。男人鼻子酸了酸，什么也没说。

男人趁响午去了亿星超市。男人一眼就看见那件红外套了，它像一团火般燃烧。走近前——大翻领，连纽扣都做成花瓣的样子。男人颤抖的手摁摁兜里刚从工头那儿预支的钱……

桂芳的面前忽然晃出一个精美的包装袋，接着晃出男人憨憨的笑脸。

男人憨憨地笑着，左看右看，看不够自己的女人。男人说："你穿上红衣裳，好看，就像咱乡下院里的一疙瘩一疙瘩鸡冠花。"说着，上前抱住女人就亲。

桂芳一把推开他，轻声问："发票呢？"男人望了几眼桂芳，扔过来张纸说："七百二十块。"桂芳小心地放好发票，脸上飞起朵朵云霞。她小心地脱掉红外套，去缠男人，男人又憨憨地笑了。

吃过早饭，男人支支吾吾地说承包推砖头的事。桂芳让男人先去找工头承包，自己一会儿到。

男人欢快地去了。

桂芳穿上红外套，在小屋里转了几个圈，心莫名地怦怦跳。她很快又坐在床沿，静静地想了一会儿，轻轻地脱掉红外套，叠整齐，慢慢地放进包装袋，拿出发票默默地看，啪，一滴眼泪落在蓝色的发票上……

桂芳走出亿星超市的门口，春天的阳光迎面洒下来，她摁了摁兜里的七百二十块钱，拢拢头发，走向县郊的一处建筑工地……

屋檐下的斑鸠

王三的孤爹，一辈子倔强，受不了儿媳妇跟人跑了的耻辱，拐棍砸在地上，断了两截，吐口血，背过气去。醒来住进医院，没几天就走了，临死留了三个字，丢人啊。

　　王三在工地手腕受了伤，没办法抹墙灰了，只好先回家休养，工钱也没结完，伤好了再回去接着干。当时他站在架子上，左手端着涂料盆，右手用批铲往天花板上抹涂料。他的活好，批铲后面的涂料薄厚均匀，不用再复抹一遍，这样还省涂料。他转头时从窗户望见了大街，一个穿红衣服的女人站在商店门口，好像在等人。王三一阵恍惚，失去平衡，从架子上掉了下来。

　　王三回到家，钥匙在门上的铁锁孔里扭了几次才打开锁，风吹过槐花，几瓣云白的花落在他头上。他进院，踩倒些小草，开堂屋门时，铁锁也是好久才打开。他把包袱扔在桌子上，回身出屋，站在院子里。抬头就发现了屋檐下的斑鸠。王三笑笑，这家伙真会找地方搭窝。屋檐外的雨棚是水泥瓦搭的，斑鸠窝就筑在支撑雨棚的横木和瓦檐间。一只灰色的斑鸠卧在窝里，像团灰色的云落在蓬乱的树枝间。

　　王三猜想，窝里一定有两枚淡褐色的蛋，斑鸠在孵化雏鸟呢，王三心里生出温暖来。收拾屋子，洗涮锅碗，动作都很轻，怕惊动斑鸠。王三看不出窝里的斑鸠是公还是母，斑鸠睁着亮晶晶的眼睛，一动不动。也许到了孵蛋的关键时刻，王三发现斑鸠不吃不喝，整天卧在窝里。也不见它的伴侣。也许它的伴侣因什么原因离开它了，现在只剩下它独自生活，独自孵蛋。王三想到这里，眼睛里噙满了泪水。

　　王三想起了她，一个喜欢穿红衣服的女人。女人爱说爱笑，欢乐得像一尾鱼。婚后的日子，像女人的红衣服般灿烂，王三种的西瓜也格外甜格外大，仿佛女人甜美的笑声落进了西瓜里。那年的西瓜价格也涨了几毛钱，来拉瓜的男人很白，一笑露出两个虎牙，眼睛滴溜溜地转，特别是看见女人，还要发出光来。二十天的时间，男人吃住在村里，他手下的三辆车，不停地装瓜，运回南方，回来再装瓜。等瓜季结束，男人走了。是夜里走的，天上还飘着小雨。男人走后，王三的女人也消失了。王三的孤爹，一辈子倔强，受不了儿媳妇跟人跑了的耻辱，拐棍砸在地上，断了两截，吐口血，背过气去。醒来住进医院，没几天就走了，临死留了三个字，丢人啊。王三抹了把泪，这都两年多了，还想这事干啥。

王三找了个纸盒，放进些小米，又用盘子盛些清水放进去，趁着夜色，用铁丝把纸盒吊在斑鸠窝旁边。斑鸠是夜盲，晚上看不见东西，只要不碰它，就惊不了它。白天做这些，会惊了斑鸠，飞走后可能就不敢回来了，那些未孵化出的小鸟，也就永远看不见阳光了。

斑鸠饿了就吃纸盒里的小米，渴了就喝盘子里的水。王三很高兴，他期待着斑鸠早日孵出雏鸟，期待着听小鸟啾啾的叫声。这天下午，王三仰头看斑鸠，风吹摇着槐花，把花瓣洒满院子。铁门轻轻地响了一下。王三回头，看见进来一个穿红衣服的人。王三的双手开始颤抖，最后，连身体也在微微颤抖。王三脑海里一片空白，然后心头起了火苗，他在搜索骂人的狠话。

女人慢慢走过来，女人穿的是件红色的大褂，纽扣刻成莲花的形状，第四颗纽扣在腹部，但未系上，鼓露出白色的衬衣。王三把到了嘴边的狠话生生吞进肚子，噎得伸了伸脖子。女人的眼泪一颗颗落下来，接着哭出了声，含混不清地说，王三，对不起。王三一把拦住下跪的女人，说，回来了，先进屋歇歇吧。王三把女人身后的皮箱拿进了屋。

没事的时候，王三和女人一起仰头望屋檐下的斑鸠。过了些时候，王三又回到了工地。他不知道是继续干活还是找老板结账回家。女人打来电话，说，王三，屋檐下的斑鸠孵出了两只小鸟，整天啾啾地叫，好像在喊你的名字。王三拿着手机嗯嗯着，泪流满面。王三结账回家了。下车后，他先去了爹的坟前，跪下说，爹啊，原谅儿子的不孝，她没地方去……

秘 密

我笑着望她，隐约感觉卧室里有些动静，那些动静是从那张宽大的床上传来的呢，还是从淡蓝色衣柜里传来的？我无暇仔细推测和分析。

芙兰说，我有个秘密说给你听。她说这话的时候，头还摇来摇去，让我想起年少时祖母屋里那台老挂钟，不停地嗒嗒地摇摆，夜半会突然响起钟声，把我从梦中惊醒。惊醒后我并没有恼火，主要是让我忘记梦中的情景很让我郁闷。因为我那时的梦中都是蕴娴的身影。

芙兰进来后关紧了门，她把话说个开头，就闭住嘴巴，很长时间也没有要说的意思。我知道她是在铺垫，像欧亨利的小说，通篇都是铺垫，最后一句抖出意想不到的结果。好像魔术师，把观众当傻瓜一样，故作神秘地表演着，脸上堆满假笑，掩饰不住高傲和愚弄，就算如此，还是有很多人观看，眼睛里闪烁着敬仰的光芒。

我虽然猜不透欧亨利小说的结尾，也猜不透魔术师如何用帽子变出小兔，但我不喜欢他们。有一次，我在台下喊，魔术师先生，你能从帽子里变出一只大象吗？惹得大家哈哈地笑，魔术师冲我翘着大拇指说，你真幽默。其实他想说，你这个傻瓜，我想揍烂你的圆鼻头。

芙兰有些生气，大概看出我的漠然。她说，这个秘密我真的不

177

愿意说给你听，因为你知道后会很生气。她说完这句话，脱下了外衣，里面的一件猩红色毛衣露出肚脐眼。我窃笑，秘密之所以是秘密，就因为是秘密，说出来的秘密，就不叫秘密。

我侧耳细听，卧室里没有任何动静。芙兰靠过来说，老同学，蕴娴的丈夫有了外遇，还经常不给她好脸色。我闻着芙兰身上的香水味，有点眩晕，问，你说的是真的？芙兰对我的回应很兴奋，她把手搭在我肩膀上，说，老同学，我知道你心里还想着蕴娴。其实，很多女人都很欣赏你，说着芙兰把身体靠过来。

我站起身说，走吧，老同学。芙兰说，去哪里？我笑着望她，隐约感觉卧室里有些动静，那些动静是从那张宽大的床上传来的呢，还是从淡蓝色衣柜里传来的？我无暇仔细推测和分析。芙兰说，你想去宾馆？我笑笑。我们一起走出门，我并没有锁门，芙兰说，没锁门。我径直走，说，不用。芙兰跟紧我，问，你好像有什么秘密瞒着我。我不语，芙兰不停地追问，从电梯里，到穿过小区的樱花树，到走出小区，到坐进出租车，她不停地换着方式问我不锁门的秘密。

出了街口，我让司机停车，我走下车，芙兰跟着我下车。我靠在路边的一棵合欢树上，芙兰只好陪着我。她望着我手里的砖头，不再说话，眼睛里满是好奇。

有个男人走过来了，他穿着灰色的风衣，走路很快，根本没有注意靠在树上的我。芙兰望着男人，吃惊地说，他，他，他就是吴刚，是蕴娴的丈夫，你怎么认识他，你怎么知道他今天走这里过？我没有答芙兰的话，这个男人我跟踪了几次，但我不知道他的名字，更不知道他就是蕴娴的丈夫。

我笑着迎过去，说，嗨，你好，吴刚。他愣住，说，我好像不认识你。我压低声音靠近男人说，但我认识你啊。我举起砖头，砸向男人。

我走出看守所那天，是中午，强烈的阳光让我睁不开眼睛。看守所门前的街道很静，路边的洋槐树乌青着叶子。芙兰陪我老婆来接我，我老婆每次来探视，什么也不说，只是哭。我知道她为什么哭，那天芙兰进门时，我正准备踹开卧室的门，里面的大床上，有我的老婆和一个男人。后来在街头等男人的时候，才听芙兰说男人叫吴刚，是蕴娴的丈夫。我下手就重了些。

我静静地站着，并没有朝她们走过去。我想起多年前的一个下午，我把最珍爱的一个彩色玻璃球抛向高空，但落下来的时候滚进了草丛里，我找了整个下午，也没有找到。我站在草丛里，望着天色渐渐暗下来，知道再也找不回那颗彩色玻璃球了……

蓝皮日记本

可以肯定地说，蓝皮日记本是那个出国的男人送给晓妍的。想到这里，刘陈一支接一支地抽烟。内容就可以想象了，是一个情人炙热的爱语，刘陈回忆着晓妍看日记本时的那种神情，就忍不住启开一瓶酒……

刘陈开门进来，轻得像只猫。他看见妻子晓妍端坐在窗户下，捧着那本蓝皮日记看，脸上弥漫着半梦半醒的神情，嘴角绽放出微笑。刘陈的心像被猫锋利的爪子狠狠抓了几下，结痂的伤口再次鲜血淋漓了。这时候，刘陈只能发出些动静了。他用脚踢一个矮凳子，扑腾，凳子倒了。

遇见另一个自己

晓妍扭过身子，问，你回来了？她已经站起来，手空着，抽屉上的锁微微晃动。刘陈点点头，嗯。晓妍面对着刘陈，手在背后轻轻地把锁舌头摁进锁孔，啪嗒，锁住了，那本蓝皮日记，锁进了抽屉里。晓妍笑着扶起地下的矮凳，去厨房做饭，说，今天做你爱吃的酸辣鱼。刘陈想冲晓妍的背影喊，不用放辣椒了，多放醋。鱼做好，刘陈吃着，果然滋味酸得掉牙。难道他没有说出来的话，晓妍也能听到？刘陈心头莫名地升起一股火，又不知道如何发，憋闷着。

晓妍嫁给刘陈前，有个男朋友。后来她男朋友出国了，再后来，晓妍和男朋友分手了。刘陈第一次看见晓妍，是在一次朋友聚会上，晓妍安静地坐在角落，捧着一杯红酒出神。吊灯橘黄色的光芒照在晓妍身上，给晓妍镶了一层柔柔的光晕。刘陈的眼睛潮湿了。他开始追求晓妍。一年后，晓妍终于被刘陈打动，接受了这份爱情，很快携手步入了婚姻的殿堂。刘陈爱晓妍，真爱，爱得彻心彻肺，爱得不能容许一粒砂砾。晓妍被爱情滋润得更加娇美动人，她一腔柔情，也尽付刘陈。刘陈感觉幸福极了，每天有用不完的力气，有止不住的笑容，直到有一天黄昏，他发现了晓妍的秘密，心里咯噔一下，半边身子凉了下来，笑容小鸟般惊飞无踪。

那天黄昏，加班的刘陈临时回家拿一份文件，开门进来，看见晓妍坐在书桌前，出神地看一本蓝皮日记。刘陈心里一动，说想喝杯水，让晓妍帮他接，然后他去了卫生间。等他出来，晓妍端着一杯温水笑吟吟地等着，书桌上干干净净，中间的那个抽屉安着一把新锁，锁在微微晃动。

刘陈不止一次琢磨那本蓝皮日记。那个日记本小16开，塑料皮，封面是湛蓝色或许是淡蓝色，没有什么装饰，就那么深不可测地蓝着。日记本里有什么呢？无非是些过往，是些曾经。那么，可以肯定地说，蓝皮日记本是那个出国的男人送给晓妍的。想到这里，刘陈一支接一支地抽烟。内容就可以想象了，是一个情人炙热的爱语，刘陈回忆着晓妍看日记本时的那种神情，就忍不住启开一瓶酒，猛灌几口。晓妍看蓝皮日记的行为像在刘陈胸口撕裂一道口子，她偷藏日记本又如同一把盐撒在撕裂的伤口上。

刘陈在晓妍面前，极力装着不知道那本蓝皮日记。他的坏心情还是被晓妍察觉了，就问他是不是工作压力太大，这段时间感觉他不太对劲。刘陈想办法搪塞过去了。有好几次，刘陈想问晓妍关于蓝皮日记本的事情，话到嘴边又咽下去了。晓妍坦白了，又能怎样呢？扔掉？销毁掉？还是与晓妍一起欣赏？

刘陈曾想趁晓妍不在家，用钳子打开抽屉，看看蓝皮日记本里到底写了什么。拿着工具走到抽屉前的时候，他又改变了主意。如果打开抽屉看蓝皮日记，一定不能忍受里面文字带来的屈辱，会毫不客气地撕成碎片，到时候如何面对晓妍。

刘陈在酒吧喝醉了，迷迷糊糊和酒吧女睡在了一起。糟糕的是刘陈和酒吧女被警察叫醒了。

晓妍憔悴了，她虚弱地把离婚申请和蓝皮日记本递到刘陈面前。对离婚申请刘陈早已预料，他万没想到晓妍能把蓝皮日记本亲手递给他。他慌忙接过蓝皮日记本，手抖着打开，惊呆了。没有一个字，蓝皮日记本里没有一个字。他指着空白的蓝皮日记，望着晓妍，说不出一句话。

晓妍的眼里流出两行泪，说，日记本里记着我们点点滴滴的幸福和神圣纯洁的爱情。

刘陈颤抖着嘴唇说，你，你，并没有记下一个字啊。

晓妍凄楚地笑，只有空白，才能记得更多。

温暖的小笼包

男人一脸严肃，面对着女人煞有介事地用两只手朝空中乱抓，又在自己身上乱摸，突然，男人手中出现了一食品袋东西。女人细看，原来是六个小笼包。

外科五病区 401 房 2 床，住着一个五十多岁的女病人。护理她的是她的丈夫，一个缺了门牙，个子不高的男人。女人做的是胆囊摘除手术，正处在恢复期，已经可以进食了。

男人每天早上用一把红色的木质梳子，轻轻地把女人灰白色的头发梳理整齐，又用热水濡湿毛巾，细心地给女人擦手擦脸。女人不困的时候，他就扶起女人，给女人捶捶背，按摩按摩肩膀。女人饿了，他用一个白色带盖子的铁碗从住院部对面的食堂打来鸡蛋汤、小米粥、肉粥之类，捏一把白色的小瓷勺，温温柔柔地喂女人。晚上，他打来热水，给女人洗脚。

女人一天挂四瓶吊针，下午很早就挂完了，男人就陪着她轻轻地聊天。女人说起动手术花的钱，皱起眉头。男人笑说："这些钱，咱拿得起，再说，还报销一大半，咱没花几个钱。"女人舒展了眉头，皱纹也平展了许多。

虽然已进入腊月，但病房里有暖气，觉不出严冬的寒冷。

晚上十点钟的光景，女人和男人说闲话，说她春天里进城，在谢安路口一家包子店吃的小笼包很好吃。男人说："我这就去买。"

说完，套上一件半新的蓝棉袄，戴上顶旧线帽，不顾女人的制止，走出病房。

女人目送丈夫出门，把脸转向窗户，看外面黑漆漆的夜，有风拍打玻璃，她的眼角淌下泪，喃喃自语："我就随便说说嘛。"病房里光线明亮，她看不见窗外寒风里肆虐的雪花。县医院在建设路南段，离谢安路口将近有三里路。医院门口有出租车，还有些带篷子的三轮电动车。

一个小时过去了，男人才回来，走进病房时空着两只手，脸颊被寒风吹得通红。他摘下帽子，满头蒸腾白色的雾气。女人嗔怪他："我就随便说说嘛，你就跑一趟。"男人笑了，舔了舔缺齿处的牙床，说："人家关门了。"女人说："没什么，我本来就随便说说的，冷不冷啊？"男人用手一抹拉头，说："我打出租车去的，还热呢。"女人撇嘴说："谁信？"男人见被揭穿，只好嘿嘿地笑，说："跑着更暖和。"

男人眼睛亮晶晶的，说："我给你变个魔术吧？"女人微笑着说："快别丢人现眼了，我还不知道你。"男人一脸严肃，面对着女人煞有介事地用两只手朝空中乱抓，又在自己身上乱摸，突然，男人手中出现了一食品袋东西。女人细看，原来是六个小笼包。男人兴奋地说："快吃吧，我跑到包子店时，他们正关门，我一看，笼屉里还有这六个小笼包，可惜都凉了，我买了往怀里一揣，暖了一路，估计现在不凉了。"男人轻描淡写地说完，女人已经泪流满面了。男人好久才劝得女人止住泪，开始吃小笼包。男人问："凉不？"女人说："还烫嘴呢。"男人咧嘴开心地笑了。

男人脱掉棉袄，坐到女人身后，给女人揉肩。女人吃着小笼包，又滴下泪来，嘴角却在微笑。

花衬衣

到了门口，她打开门，麻利地挣脱男子，嘭，男子被关在门外。她靠在门后忍不住笑了，笑得泪流满面。

冯平确认丈夫有外遇后，没有吵闹，安安静静地坐在沙发上看电视。电视并未打开，她仍全神贯注地看。她看了一个白天，又看了一个黑夜，当太阳再次升起的时候，她起身，伸展了一下筋骨，口里哼着小曲。

她已经不年轻了，她无奈地笑笑。丈夫讨好地问："你想要什么？"她忍住笑，是啊，想要什么？钱？房子？艳羡的目光？她都有了。要尊重？要忠诚？她差点笑出声。她突然说："我想去一个地方。"丈夫愣了一下，忙说："去哪里？我开车陪你去。"冯平摇头："不用了。"丈夫迟疑了一下："那，那让小王开车陪你。"冯平摇头。丈夫还想说什么，她冷冷地说："好了，就这样吧。"丈夫缄了口。

冯平要去哪里，她自己也并不清楚。她随便上了一辆车，反正可以在车上补票。

冯平在车上睡着了，嘴角挂着笑，眼角却有点点泪光。醒来，夜色斑斓，车已经到终点站了。她走出车站，几辆出租车靠着她缓行一会儿，无奈地各自走开。她顺着大街信步走着，不知过了多久，走到一家酒店门口，她感觉累了，就停住脚。她开了间房，冲完澡后去了三楼的餐厅，迷离的灯光里她点了一杯红酒，慢慢地喝。一个英俊的男子走来，年纪比她的儿子大不了几岁，他坐在她对面，低声问："女士，一个人吗？"声调甜腻。她点点头。男子说："一起喝一杯吧？"她点头。

很多空啤酒瓶摆在她面前的圆桌上。冯平头晕得厉害，结账后，趔趔趄趄地回房间。男子搀着她，手很不老实。到了门口，她打开门，麻利地挣脱男子，嘭，男子被关在门外。她靠在门后忍不住笑了，笑得泪流满面。

第二天，冯平从电视上知道这座城市有座名山，就想去看看。冯平在山脚的一家购物店里看见一件手工丝绸衬衣，绣工精巧，花色秀美，手感光滑柔腻。丈夫喜欢穿花衬衣，家里那十几件价格不菲的花衬衣，却没有一件能和这件媲美。丈夫穿上这件花衬衣一定会很帅，冯平认为这个世界上，只有丈夫穿花衬衣最相宜，别的男人穿上只会滑稽。

店里有个男人，年龄体型都和丈夫相仿，她抱着恶作剧的心态，请求男人试穿这件花衬衣。男人走进试衣间。两分钟后，试衣间的门开了，冯平调整着呼吸，她要出于礼貌忍住大笑。男人穿着花衬衣走了出来，笑眯眯地看她。她呆如木鸡，男人穿上这件花衬衣竟然英姿勃发，领口，袖口，纽扣，大小，花色……衬衣的一切仿佛都是为这个男人量身定做的，可以说，她的丈夫穿上绝对不会这么合适得体。怎么会这样呢？怎么能这样呢？

她最后仍然买下了这件花衬衣，心情沮丧地爬到山顶，放眼，辽阔高远，万物渺小。她迎风扬臂，花衬衣徐徐滑落，一朵彩云般飘向谷底。她掏出手机，大声地说："我们离婚吧！"没有回应，过了好久，还是没有回应，她根本没有拨号……

爱吃凉皮的男人

表兄给小南开的工资很高，可是第一次要账就闹僵了场面，最后打了起来，小南会拳脚，重伤了人，被判了四年。

周六晚九点，小南准时去街道拐角处的凉皮店吃一碗凉皮。小南在城南家具城当装卸工，没有节假日，请假一天扣一天工资，这点他倒喜欢，好像有事情做比闲下来休息要舒服。工友老黄和他相反，整天抱怨没有休息天，拉磨驴还有打盹的时候呢，他说这些话时，眼睛会四下看，有穿着白衬衣的市场管理来，他能立即闭口，哪怕刚吐出半个字，也能轻松自然地刹住车，不会像马路上那些紧急刹车，在路面划出一道长长的印迹。小南和老黄是好朋友。因为，老黄也喜欢吃凉皮。

乳白色的凉皮，拌着绿色的黄瓜丝、灰色的芝麻酱、褐色的酱油和调料，小南勾头哧溜溜地吃。老黄夹一筷子凉皮塞嘴里，嚼着，开始说话，这凉皮不够筋道，芝麻酱也不够香，黄瓜丝也不够爽口。小南吃完凉皮，抹着嘴巴，老黄才闭口，呼噜噜把凉皮吞进肚里。回去的路上，老黄仰头望着小南说，这凉皮也叫凉皮，有机会让你尝尝我老婆的手艺，你会知道什么才是凉皮。小南笑笑不说话。老黄个子低，很壮实，黑红脸，薄嘴唇，眼里布满血丝，他来这里打工有大半年了。

老黄最喜欢给老婆微信聊天，有一次他儿子在微信上语音喊了一句爸，高兴得老黄从上铺跳了下来，光着脚举着手机哈哈地笑，眼里噙满了泪水。小南把头埋进书里，怕掩饰不住笑出来，四十好几的人了，儿子喊声爸，激动成这样。夜里小南醒来，发现老黄坐在床上拿着手机看，这都凌晨两点了，老黄还和老婆聊天吗？小南好奇，在老黄身后悄悄探头看，老黄的手机屏幕上，是一个女人抱着孩子的侧影照片。老黄呆呆地看照片。小南暗自感叹，看不出老黄这么疼爱老婆和孩子。

小南不能入眠了。如果不是打伤人入狱，现在的小南也一定会有美丽的妻子可爱的孩子。当年，小南在超市当保安，认识了收银员莲花。两个人周六晚上九点下班，会一起去吃碗凉皮。随着时光的流逝，两个人的爱情之花芬芳娇艳。有次雨夜，两个人吃完凉皮回宿舍，雨下得很大，只好钻进附近公园的假山里避雨。这夜，两个人第一次有了亲密接触。小南紧紧抱着莲花，在她耳边说，莲花，我一定想办法多挣钱，我要娶你。小南第二天辞职了，去附近的一个城市找表兄。他表兄开了一家公司，主要业务是帮人要账。表兄给小南开的工资很高，可是第一次要账就闹僵了场面，最后打了起来，小南会拳脚，重伤了人，被判了四年。他觉得对不起莲花，更不想耽误莲花，就和莲花断了联系。在莲花那里，小南如同人间蒸发了。小南想到这里，眼泪从眼角滑落。小南出狱后曾打听过莲花，在超市人事部查了莲花的地址，买票去了莲花的家乡。他没敢直接去莲花家，在小镇住了几日，打听到莲花早就嫁人了。小南没有去找莲花，再找有什么意义呢，很可能会再次伤害莲花，还不如不见，他坐车回来了，托朋友在家具城找了份事情做。两年来的每个周六晚九点，他都会去吃碗凉皮，好像这样做莲花还能回到身边，甚至有时候想，正吃着凉皮呢，突然莲花就会出现。

这年夏天很热，柏油路上常常蒸腾起一层白雾。老黄在外面租了套房子，他告诉小南，孩子幼儿园放暑假，他老婆要带着孩子来，在这里住两个月。周六这天，小南他们卸完最后一车家具，一个个像刚从河里爬出来样。老黄甩着脸上的汗，拍下小南的肩膀，兄弟，今天周六，我老婆做了凉皮，到我家去吃吧。小南看老黄一脸真诚，点点头。洗完澡，小南买了提啤酒，想想老黄有孩子，又买了两袋奶糖，去了老黄家，老黄光着膀子坐在风扇下陪孩子玩，桌上已经有了两个小菜。小南进屋，把奶糖递给男孩。男孩迟疑着冲厨房喊，妈，妈。老黄咧咧嘴，家教太严，叔叔买的糖，只管拿着。老黄接过糖，撕开口，硬塞给男孩。小南呵呵地笑，逗男孩，你叫什么名字啊？男孩一边往嘴里塞糖，一边回答，思南。小南望着男孩的眼睛，愣了愣。一个女人走出来，端着个细瓷盆子，凉皮好了，听老黄说你——呀！女人惊叫一声，盆掉在地上，哗啦一下碎了，凉皮洒了一地……

两个男人站在僻静的路边，比着吸烟。夜露水下来了，俩人头发上湿漉漉的。老黄哑了嗓子，小南，你好好照顾莲花母子。小南凄然地笑，老黄，你这是说混账话。沉默了，时间凝固了一般。老黄忽然解开腰带，唰啦一下把短裤和内裤脱下来，你看！小南大吃一惊，路灯光照耀在老黄极度畸形的生殖器上。老黄提起短裤，转身走，身影很快消失不见。

柳　红

刘哥眼睛瞪大了，说，大款啊，你真慷慨，不过，你的四千块钱已经变成了肉包子。我没明白，问，什么？刘哥说，自己想。

初见柳红，我心里是动了念头的。柳红从容貌到身材都是我喜欢的类型。我坚信，我喜欢的女子类型，百分之九十以上的男人都会喜欢。比如秀美的头发，比如清澈的眼睛，比如弯弯的细眉，比如丰满的胸脯，比如适中的身材，比如小巧的嘴巴。

柳红面前的空位成了我的地盘，我望着她第一句话想说，缘分啊，但话出口就变了词，我说，我叫焦辉，很高兴认识你，以后多多指教。她甜甜地笑，说，我叫柳红，认识你很高兴。我心里的花开得噼里啪啦。几个同事窃笑，或者用奇怪的表情看我们。我感觉到大家不喜欢柳红。同事们的办公桌大都并在一起，甚至有两个人挤在一起办公，柳红的办公桌单独靠在东墙，面前却有个空位。当我看见墙上挂满的奖状，一大半都是柳红的，心里有了答案。嫉妒，肯定是嫉妒生出怨恨。

下班了，柳红亲热地跟大家打招呼，同事们也回应，但能看出勉强，柳红若无其事，嘻嘻哈哈地下楼回宿舍。我帮值班的刘哥拖办公室的地板，刘哥说，焦辉，感觉柳红怎么样？我说，挺好的。刘哥嘿嘿笑，说，你刚来，过几天就知道了。

我上班的地方是家英语培训机构，柳红不但带了三个英语班，还负责校对工作。校对是非常费精力的事情，家长联系手册、宣传单、招生策划单、家长会公开信等，源源不断的纸质材料、电子材料集中到柳红手里。校长说，焦老师，你业务不熟，跟着柳红老师多学。我成了柳红的助手，经常加班。

柳红休息时，身子慵懒地靠在椅子背上，半眯着眼睛、脚摆在桌面上，右手随意地搭在一盆绿翡翠上，食指和拇指轻轻地捏压着肥厚的绿叶，左手轻轻揪自己的左耳垂。阳光透过窗户缓缓洒进来，照在她红色的蝙蝠衫上。这件蝙蝠衫早已经褪色了，一阵阵肥皂的

遇见另一个自己

清香飘过来。休息一会儿后，柳红站起来，伸展双臂，舒舒服服地伸个懒腰，打个哈欠，说，焦辉，开工。她坐在电脑前，手指在键盘上飞舞，眼睛盯着屏幕，或者把手写稿摆在电脑前，一边校对一边录入文档。她能一动不动地连续工作好几个小时，不喝水，不上厕所。柳红经手的材料，堪称完美。

这天，柳红问我，你手里有钱吗，借我点。我问，多少？柳红说，韩信用兵，多多益善。我存折上总共四千，全取出来给了柳红。时间慢慢流逝，当初约定还钱的期限早过了，柳红只字不提，我当然也不好意思提。刘哥有天问我，你借给柳红钱了？我点点头。刘哥笑了，问，多少？我答，四千。刘哥眼睛瞪大了，说，大款啊，你真慷慨，不过，你的四千块钱已经变成了肉包子。我没明白，问，为什么？刘哥说，自己想。

原来，大家不喜欢柳红是因为柳红向大家借过钱，而且有借无还。问她要，她会用种种借口拖延。大家曾想发工资那天堵住柳红，没想到柳红每月的工资都提前预支了。你说难听话，柳红不气不恼，还是和你笑脸相对。后来有人来公司找柳红要账，大家才知道，她借钱的人太多了。大家对还钱不抱希望了，也没有什么好办法，只好对她侧目，敬而远之。

那时候的四千块钱，对我是个很大的数目，我懊悔地失眠了好几晚。但无可奈何。我也慢慢对柳红敬而远之了。我以为，一个女人对金钱如此贪婪，而且不守信誉，甚至不懂廉耻，再漂亮也是丑陋的。我只是好奇，柳红穿戴朴素，花钱节俭，借那些钱干什么用呢？大概是个守财奴，把别人的劳动所得据为己有，什么人啊。

不认识我了？柳红笑着问我。透过咖啡袅袅的雾气，我望着对面妩媚的女人，说，认识，柳红，我怎么会不认识你啊。柳红拿出一个信封，递给我，说，连本带利，八千。说完，从包里掏出一个厚笔记本，打开，指着一行字说，你看。

欠焦辉 4000 元整。2007 年 5 月 12 日。

她用笔把这行字划掉了，说，谢谢你，你是单笔借钱给我最多的一个。

原来，当年柳红为了给继母治病，才忍着鄙夷、嘲讽向所有认识的人借钱。借的每笔钱她都记在了笔记本上。后来，她的继母还是去世了。她去深圳打工，心里时刻压着账本。八年过去了，她这次回来，就是要还清当年的欠账，更主要的是当面向借过钱的人致谢。

我捏着厚厚的信封，照自己脸上打了一下。

房东黄哥

黄哥说："他们见我如见亲人啊，那股子热情劲，真是，真是让人享受啊。"他走了，留给我个意味深长的笑。但我分明从笑里觉出些许无奈。

我十七岁那年，经人介绍去郑州的一家超市打工。租住在离超市不远的一户人家。房东是个稀疏白发、精瘦有趣的老人。他那时应该有六十岁左右。我初见他，喊他大爷，他不乐意，把短眉掀起，说："我有那么老？"我忙改口称呼他叔。他把刮得精光的嘴皱起来，说："我看上去真这么老？"我不知道如何称呼了。他笑，把小眼睛眯成缝，说："喊我哥吧。"我眼珠子差点掉地上。

黄哥一个人住着两层小楼，可能感觉太冷清，或者感觉太浪费，他就把楼上的套房外租了。交房租时，黄哥问："小兄弟，你是哪里人？"我答："周口太康农村的。"他又问："你一个月工资多少？"我如实回答："七百多。"他沉吟一会儿，说："这样吧，以后我换煤气，买面，换个灯泡什么的你帮我干，房租给你减半。"我高兴地道谢。

黄哥经常去听健康讲座，我怕他上当，说："黄哥，你相信他们说的？"黄哥掸去白衬衣下襟的几点灰尘，慢条斯理地说："他们讲的也有些道理，不过——"黄哥止住话，摇头晃脑说："山人醉翁之意不在酒也。"我不明白他什么意思。黄哥说："他们见我如见亲人啊，那股子热情劲，真是，真是让人享受啊。"他走了，留给我一个意味深长的笑。但我分明从笑里觉出些许无奈。黄哥的老伴很早去世，儿子在加拿大工作，女儿在深圳做生意，他独自生活，个中滋味可以想象。

这天午后，黄哥站楼下喊我："小兄弟，下来帮个忙。"我答应着下来。进屋看见一大盆炖鸡肉。他说："一不小心做多了，请你帮忙消化些。"我推辞。黄哥不高兴了，把啤酒往桌上一撂，说："怎么了，你哥今天高兴，陪陪哥不中？"我只好坐下。

黄哥问："小兄弟，谈过恋爱没？"我的脸红了，说："我才十七，没有。"黄哥把我面前的杯子倒满，问："心里有喜欢的女孩没有？"我的脸更红了，而且发烫。黄哥哈哈笑着端起杯，猛喝了几口，幽幽地说："小兄弟，生活是花，爱情是蜜。我晚上带你见个人。"

广场上很热闹，黄哥每天晚上都会来健身。一棵合欢树下，站着一位端庄儒雅的老太太。看见我们，微笑了。老太太的笑，灿若合欢花。

第二天，黄哥问我："她怎么样？"

我说："好。"

"怎么好？"

"她笑得好看。"

黄哥哈哈笑了，说："有眼光，她马上就成为你嫂子了。"

黄哥和老太太结婚了。黄哥的儿子和女儿打来电话祝贺。我对搬进来的老太太不知道如何称呼。黄哥说随他应该喊嫂子。幸好，老太太也是开朗随和的人，竟然默许我和黄哥的瞎胡闹。

黄哥和黄嫂出双入对，早晨一起去公园锻炼身体，上午一起去买菜，下午做了很多好吃的，喊我下楼帮他们消化，晚上他们一起去广场健身。日子像合欢花一样美好。我打心眼里为黄哥黄嫂高兴。

一天早上，黄嫂在公园晕倒了。住院后，查出了恶疾。黄哥整天在医院陪着黄嫂。我去看他们，望着黄哥用一把桃木梳轻轻梳理黄嫂的白发，动作轻柔，我忍不住落泪。

黄嫂弥留之际，黄哥和她离婚了。

我应聘进一家酒楼，有员工宿舍。我告别黄哥，他正一个人坐着发呆，手里拿着一把桃木梳。他嘱咐我勤奋踏实，多学东西，这样才能出人头地。

临别，我实在忍不住了，问他为什么和黄嫂离婚。黄哥望着桃木梳，轻轻地说："只有这样，她和前夫才能名正言顺地合葬……"

敲墙声

嘭嘭嘭……敲墙声更急促了。琴笑，男人啊。但她不可能有什么出格的回应，她知道，女人要想被人爱，必须先自爱。

风把星光吹落，落在城市里。夜城处处星星点点。

嘭嘭嘭……

琴的心快速跳动，像大浪层叠奔涌，像猫儿探爪轻挠，像千瓦灯靠近炙烤。她床头的墙，发出了声音。眼泪充盈在她的眼睛里，终于，呵，他要表白了。这敲墙声，就是最好的证明。

这是一个大杂院，常住着十几户人家，还有些打短期工的流动住户。院中间有个公用水台，有五个水龙头一字排开。两间东厢房住着一男一女。当时盖这两间东厢房的时候，为了节省材料，两间房共用了一堵墙。这一男一女，名符其实的一墙之隔。女的名叫琴。男的名叫军。

军在一家超市上班，下班回来的第一件事就是捧着个洁白如雪的花瓶去水管边洗，他洗得仔细，反复数遍。洗后，从肩头扯下洁白如雪的棉毛巾，慢慢地擦。直到花瓶发散晶莹的光，如阳光照射在白雪上。但大家从没见过花瓶里插过什么花。

军在水台旁洗擦花瓶时，琴会站在窗户后面偷望。琴和军都是单身。

上班去啊？军每天早上七点半推着自行车出门，琴挎着包也出门，然后她向军打招呼。军笑笑，说，是啊，你也上班去？琴点点头，说，是啊。两个人的表情都很淡漠，像两条平行线的对望。军骑上自行车走了。琴慢慢退回来，进院，回屋。她的上班时间是十点。

琴回屋后站在镜子前，望着镜中人。瘦削，长脸，大眼睛，皮肤白皙。她甩甩头发，心里酸起来。军，长得多像她以前的丈夫啊。微胖，国字脸，浓眉，眼睛不大，但有神。军呆得像只笨鹅。琴被自己这个比喻逗笑了。

军端着盆子到水台洗衣裳，琴也端着盆子去洗衣裳。有时候水台边就他们两个人。水哗啦啦响，谁也不说话。琴撩起眼角看军，军的眼睛一直掉在盆里，不知道捞出来。琴就恼，端起盆子，噔噔，回屋。但等到第二天早上，琴还是会和军一起走出大门。上班去啊？是啊，你也上班去？是啊。军骑车走远，琴再慢慢回来。

星光一次次被风吹落，落满夜城。一晃，两年多过去了。

你为什么只洗花瓶而不插花呢？这是琴第一次和军说其他话。

军抬头，望琴。水流冲在花瓶上，溅射起无数水花。琴眼光躲闪了一下，但立刻望定军的眼睛，勇敢对视，目光中，蕴藏着很多东西。大杂院里，弥漫蜂蜜般的芳香。

琴问军"你为什么只洗花瓶而不插花呢"的这天夜里，敲墙声就响了起来。

嘭嘭嘭……

琴把耳朵贴在墙壁上，嘴角笑了，脸颊艳若桃花。

嘭嘭嘭……

敲墙声更急促了。琴笑，男人啊。但她不可能有什么出格的回应，她知道，女人要想被人爱，必须先自爱。

哗啦，好像什么东西碎裂了。琴吓了一跳，握紧拳头也擂了几下墙。

遇见另一个自己

很快，敲墙声回应过来，急促如乱雨。

嘭嘭嘭……

琴笑着使劲擂几下墙，心想，今夜，只能这样了。明天早上，打完招呼，我会加上一句话，我可以坐在你的车后座上吗？想到这里，琴笑着流下了泪水。

敲墙声消失了。

第二天早上，琴精心打扮了，等在大门口，一直等到太阳光晒响了蝉鸣，也没见军。琴走到军的窗户前，踮起脚尖，透过窗棂缝隙，看见了军。他扑在床头上，头垂下来，右手攥紧拳头放在墙壁上。那只白色的花瓶碎了，一地白色花朵。

救护车来了，医生摇摇头把一张白被单严严实实地盖住军。

第五辑　生活百态

　　这章选取的一组小说，人物形形色色，涉及了很多职业和很多领域。有些小说有对人性的拷问，对欲望的思考；有些小说写出了生活的无奈，人生的尴尬；还有些小说表达了美好和温暖，读完后忍不住会泪光盈盈或莞尔一笑……

盲人摄影家

　　医生断言，王希的眼睛后半生再也看不见东西了。卢克推开病房的门，望着病床上的王希，不由叹几口气。王希摸着眼睛上的厚纱布，轻轻说，明天把相机拿过来。

　　王希说，我想搞摄影。卢克的眼珠子差点飞出眼眶。卢克用平静的语气说，好的，我支持你。王希叹口气，你觉得不可能？我都听见了，你眼睛瞪那么大，眼珠子小心掉地下。卢克更加惊讶，赶忙用手捂住眼睛，他怕眼珠子这次真掉地下。

　　卢克的朋友王希是个盲人。他竟然能听出卢克的表情，这让卢克感到不可思议。王希不是天生盲，他两岁多的时候生了场病，高烧不退，大家都以为他要死了，八岁的卢克更是担心得要命，偷偷祈祷。不知道是药物和王希的意志起了作用还是卢克的祈祷发挥了神效，半个月后，王希病好了，只是眼睛看不见了。邻居卢克时常来陪他玩，有好吃的也偷偷给他留一份。王希这场病的起因和卢克有些关联，那天卢克爬树累得浑身汗，脱掉棉袄，露出黑红的胸膛，跟着他玩的王希觉得好笑，觉得有趣，也学着脱掉棉袄，站在寒风里发抖。当天晚上，卢克感冒了，王希高烧昏迷。

王希脖子上挂着单反相机，站在树林里。清风嗤嗤地拂过树叶，铛铛地敲着花瓣；鸟儿啾唧着穿越树枝，上下翻飞，还扭着小脑袋向伴侣频送爱意；阳光哗啦啦洒满大地，每丝阳光穿过树叶时发出嗞嗞的声音；一片绿叶砰的一声离开了树枝，啵啵地击散着空气飘落下来；蜜蜂嗡嗡地叫着落在花朵上；蝴蝶唿唿飞着绕着花朵舞蹈。多美的一切啊！王希打开镜头盖，拨动开关，举起相机，把听到的一切摄进镜头。嘀嘀嘀，自动对焦不时发出轻微的提示音，王希用耳朵捕捉着最美的画面，按下快门键，一张张摄影作品存储进相机和王希的心里。

这是你拍的照片？卢克把相机存储卡插进电脑，望着照片，惊问。王希点点头。卢克赞叹着把照片投给当地的晚报。第二天，照片就在晚报摄影版刊登了。王希又拍摄了一组照片，卢克把照片投给《世界摄影杂志》，也全部刊登。卢克精选了王希最新拍摄的一组照片参加了全球摄影赛，荣获了金奖。大赛评委评论说，王希能把稍纵即逝的平凡事物转化为不朽的视觉图像，每一幅照片都意境深远，立意深刻，有很强的时代感和独特的个性。

王希在卢克的搀扶下登台领奖，全场哗然，谁也没有想到获得全球摄影赛金奖的摄影家是个盲人。有个享誉世界的医学博士看到王希的报道，组织专家对王希的眼睛做了细致的检查，得出一个大快人心的结论：王希的眼睛可以治好。卢克把这个消息告诉王希时，王希激动得泪流满面。

摄影家王希接受治疗半年后，眼睛复明了。摄影爱好者们通过各种渠道祝福王希，期待王希拍摄出更加精彩更加个性更加美轮美奂的作品。王希激情勃发，驾车四处采风，拍摄了数以千计的照片。结果像一只苍蝇落在刚出炉的蛋糕上，让人懊恼。王希拍摄的每一张照片都平庸浅薄，粗糙不堪，甚至比不上刚入门的摄影爱好者拍出的照片。无论王希怎么努力，都无法拍出一张满意的照片。王希绝望了，摔了相机，大口灌酒。两年后，王希这个名字淡出了摄影界。

王希出了意外，眼睛受了重伤。医生断言，王希的眼睛后半生再也看不见东西了。卢克推开病房的门，望着病床上的王希，不由叹几口气。王希摸着眼睛上的厚纱布，轻轻说，明天把相机拿过来。

卢克望着嘴角隐约着笑意的王希，想问，你的眼睛怎么受的伤？话出口变成了，好的，明天我把相机拿来。说完，卢克忽然想，王希会不会是自己把眼睛……这样一想，卢克惊得眼珠子差点飞出眼眶，他忙用手捂住眼睛，他怕王希听出来，会说，我都听见了，你眼睛瞪那么大，眼珠子小心掉地下。

王希平静地躺在床上，眼睛上蒙着厚厚的纱布，什么也没说。

黑色外套

他轻快地走着，感觉占了什么天大的便宜。好像手中的黑色外套不是花钱买来的，是在什么地方偶然捡到的，而且没有任何风险。

药水一滴滴进入褐色的胳膊，鲁南清清嗓子，一定会好起来的，还需要挂几天？斜倚在叠好被子上的男人说，今天是第三天，医生说起码要挂七天。

出了眼科医院，鲁南扬扬脖子，尽力让背部直溜，暗暗给朋友算了笔账，一天五百，七天三千五，这钱就算打了水漂。还不如水漂呢，水漂能旋几个波纹，给闲逛的人几点娱乐。鲁南眼前忽然浮现出一件黑色外套，外套做工考究，牌子是全国知名，小翻领，纽扣刻工精细，现在外套就挂在谢安路上的一家服装店里。鲁南去试穿过几次，望着价格牌上标注的三千五百元，犹豫不决，不知道是买还是把三千五百块钱存进银行。存折上的钱数，补上这三千五就成了一个整数。鲁南喜欢整数。

鲁南看望患眼病的朋友后，决定买下那件黑外套。朋友躺在医院，白白损失掉三千五，自己身体健康，特别是眼睛，夜晚趁着月光能看清报表上的小三号字。鲁南进了那家品牌服装店，营业员看见他，礼貌地点点头，并没有热情地过去服务。鲁南掏出钱夹，说，麻烦你把外套取下来，包好。营业员笑着跑过来，脑后的小辫子甩来甩去。鲁南付了钱，提着精美的包装盒走，那件考究的价格不菲的黑外套温驯地卧在盒子里。鲁南脚底像安了弹簧，出门口时，不得不慢下脚步，生怕脑袋撞了门框。走在洒满阳光的大街上，那些他极为厌烦的喧嚣声和随风四飞的灰尘，此刻也变得可爱了。市井就应该这么热闹，就应该这么烟火。他轻快地走着，感觉占了什么天大的便宜。好像手中的黑色外套不是花钱买来的，是在什么地方偶然捡到的，而且没有任何风险。

鲁南起了个大早，草草吃过饭，换上洁白的衬衣，挑了条蓝色裤子，那双参加重要场合才从鞋柜里拿出来的皮鞋也吭吭哧哧地擦了好几遍。洗洗头发，刮干净胡子，刷牙比平日多用了一倍的牙膏量，多用了两倍的时间。一切停当，鲁南小心地打开包装盒，取出外套，轻轻展开，第三颗纽扣上系着的价格牌和商标牌微微摇晃。鲁南穿上外套，在屋子里走着，心里甜滋滋的，像小时候偷喝了六奶奶家的蜂蜜。出门的时候，鲁南犹豫着，要不要把纽扣上的价格牌和商标牌撕掉呢？应该撕掉的，要不穿出去像借的，或者就是给人粗心的毛病，这两点都会闹笑话。鲁南站在门口，左手放在门把手上。

三千五百块钱的外套穿在身上，和昨天身上几百块的外套比，感觉没有什么不同。银行里的五万块钱还缺那么一小块，这三千五百块钱正好是那一小块。穿着这件昂贵的外套，坐在明亮的办公室里倒相宜，要在超市生鲜区经受熏肉的洗礼，迎接鱼腥的爱抚，氤氲鲜肉的腥膻，就不大合适了。鲁南庆幸自己没有冒冒失失地撕毁包装盒、撕掉价格牌和商标牌，这样还可以把外套退回服装店。鲁南拧在一起的粗短眉毛舒展了。

他回屋，把外套脱下来，叠好，装进包装盒。想个什么理由退

遇见另一个自己

货呢？鲁南坐下，望着外套发呆。外套没有一点质量上的问题，只能另寻蹊径了。黑外套啊，黑外套，鲁南嘀咕。忽然笑了，黑外套，对，有办法了，就说自己本来长得黑，穿上黑外套简直成了非洲人的一个影子。就这样说，嘿嘿。他被自己这个比喻逗笑了。

我长得黑，穿上黑外套简直成了非洲人的一个影子。鲁南对服装店的营业员说。营业员咯咯笑一阵，并没有给鲁南退掉外套。她说，这个款式的外套我们店除了黑色的，还有赤橙黄绿青蓝紫白，先生，您喜欢哪种颜色？鲁南捏揉着肉鼻头，说不出话来。

一盒月光

只要月光在，父母亲的祝福就在，美丽皎洁的月光会带着父母亲的祝福永远陪伴着你……

我半是醋意半是好奇地撬开肖潇的木盒，结果半是欣喜半是懊悔。这个硬木做的精致小木盒里，空无一物，哪怕是有点灰尘也好，什么也没有。没有好，证明肖潇没什么瞒着我。这么冒失撬开木盒，肖潇下班回来该不高兴了。

肖潇按时下班了，换下高跟鞋，脱掉外套，嘴角一动，笑像阳光般洒满三室一厅。我扎着围裙，水滴从无措而又生硬的手指间扑嗒嗒落在地板上。我望着一堆菜，脑袋里灌满了面粉和水，偏要晃晃头，结果满脑子糊涂。肖潇解掉我的围裙，扎在她腰间，手脚麻利地洗菜、切菜，灵巧得宛如可爱的燕子，在大小锅灶、双层洗碗台、大小菜柜、碗柜、盘子和碟子间自由穿梭，又像个魔术师，转眼间变出了一桌美味佳肴。

她俏皮地挑几下眉毛，焦辉，从实招来，犯什么错了？每次我积极下厨做饭，的确都是犯了什么错，如今天，我撬开了她的一个小木盒。小木盒半尺长五公分宽，硬木质地泛着幽幽的亮光，泛出历经岁月的厚重。我从沙发垫子下拿出木盒，我太好奇了，从来没见你打开过，我就——肖潇接过木盒，咯咯笑了。她不生气，我很高兴，说实话，结婚快一年了，我从来没见过她皱眉头，她的快乐，宛如清风，宛如月光，清纯，无邪，美好。如果生活是一池水，肖潇就是一尾带着灿烂阳光自在戏水的鱼。

她掀开木盒，看，你把一盒月光放跑了。我惊讶，一盒月光？肖潇点头，娓娓地讲了一盒月光的故事。

肖潇上小学的时候，一场意外夺走了父亲的生命。她体弱多病的母亲不得不挑起生活重担，用羸弱的肩膀为肖潇支撑一个温暖的家。虽然乡下做木工的舅舅时常接济她们，生活还是很艰难，肖潇的母亲白天在一家超市做理货员，晚上还要去一家饭店干洗碗工。小小的肖潇因为父亲的去世和母亲的苦累变得郁郁寡欢。她十二岁生日那天，乡下的舅舅来给她过生日。母亲做了一桌菜。舅舅送给肖潇一套文学名著作为礼物，并把一小沓钱硬塞给肖潇，又拿出一个精致的小木盒送给她，说是可以让肖潇装些女孩子喜欢的小饰物。舅舅说，这只木盒是我亲手做的，用的是上好的硬木。肖潇应承着这一切，想着疼爱自己的父亲，望着母亲憔悴的面容，眼泪悄悄滑落。今天，学校里还有同学追着她喊，你是个没爹的孩子。

夜里，肖潇踏着月光独自走到父亲坟前，轻轻哭泣。没有父亲的家，没有父亲的疼爱，肖潇觉得她和母亲是多么可怜，多么无助。

遇见另一个自己

肖潇想念父亲，悲叹命运，甚至恨上天的不公。她用脚狠狠踢脚下潮湿的大地，把草根和土屑踢得四飞。肖潇想，多病的母亲那么憔悴，可能也会很快离开自己，舅舅还有他的一大帮孩子要照顾，我该怎么办？我将会一无所有，一无所有地独活在世间。什么都没有，活着有什么意思？肖潇大喊。

母亲不知道什么时候来到肖潇身边，她拿着小木盒，轻抚着女儿的肩膀。肖潇倚在母亲怀里，痛哭着。母亲擦干女儿的眼泪，笑着说，肖潇，从你出生起，就收到了一件非常非常珍贵的礼物。肖潇止住泪，抬头望母亲。母亲指指夜空的月亮，肖潇，你一出生就收到了美丽的月光，这月光会陪伴你一生，带着我和你父亲的祝福，你会在月光和祝福中长大，找到爱你的人，建立家庭，生育可爱的孩子。你父亲离开了我们，但是只要月光在，他的祝福就在。我有一天也会离开你，但是只要月光在，我的祝福就在。肖潇，美丽皎洁的月光会带着我们的祝福永远陪伴着你。母亲说完，微笑着打开木盒，对着月亮，让月光照满盒子，轻轻合上。肖潇，盒子里的月光送给你。母亲牵起女儿的手，把木盒放在女儿手中。肖潇捧着盒子，和母亲依偎着回家。

肖潇把木盒放在枕头下面，睡得很香甜。慢慢地，肖潇乐观起来，笑容开始绽放在美丽的脸庞。肖潇上高中的时候，病魔夺走了她的母亲。安葬好母亲，肖潇返校学习，考上了一所南方的大学。

我轻轻拥着肖潇，帮她拭去眼角的泪珠，道着歉，对不起，肖潇，我不该打开盒子，放跑月光。肖潇笑了笑，只要月亮在，月光就在，父母的祝福就在，吃过饭陪我去郊外。我忙点头。

郊外月光皎洁，我和肖潇一起打开木盒，对着月亮，让月光照满盒子。我在肖潇耳边说，等我们有了孩子，一定把这盒月光送给他。肖潇点点头，微笑着轻轻合上木盒。

看老马

马五斜着身子，一脚在电动车踏板上，一脚踩在人行道台阶上，附在王三耳边说，老马是新来黄主任的姨夫。王三干咽了口唾沫，噎得伸伸脖子，咳，咳，是应该去看看老马……

小刘问王三，王哥，老马住院了，去不去看？王三用中指摸几下鼻头，虽然上下班常见老马，可没有和他有什么人情往来啊？我不去。小刘倒干脆，也是，老马只是传达室的临时工，不去了。王三笑着点点头，用手击打着酸痛的肩膀走出大门。起码，节省下来两百块钱。

小城不知道从什么时候起，去看望病人不再买礼物。空着手，进病房寒暄几句，甚至还要陪出几滴泪水，然后掏两百块钱或更多些，放在病床上，也不知道你喜欢吃啥，拿这钱买点喜欢吃的东西吧，祝你早日康复，有空我再来看你。虽然很多人走出病房就没有空再来看病人了，但都要说有空还来。

王三顺着人行道走，看着洒水车唱着歌谣过去，激射的水惊扰得路人失措，有的躲闪不及，裤腿上溅满泥花。王三，有人喊他。王三扭头，马五刹住电动车，王三，老马住院了，你不去看看？王三准备把刚才对小刘说的那番话再说一遍。马五斜着身子，一脚在电动车踏板上，一脚踩在人行道台阶上，附在王三耳边说，老马是新来黄主任的姨夫。王三干咽了口唾沫，噎得伸伸脖子，咳，咳，是应该去看看老马，就算他不是新主任的姨夫也应该去看看他，上下班经过传达室，老马都热情地打招呼。

王三坐在马五电动车后座上，想，看完老马，一定不能忘了给小刘打个电话，让他也来看看老马，最起码要告诉他，自己来看过老马了。

在老马病房，王三和马五拉上"祝你早日康复，有空我再来看你"的帷幕，出了医院大门。没走几步，碰见小刘，他拎着新买的炒菜锅，正急忙往家赶。小刘问，你们干啥去了？马五伸手拍拍小刘新买的铁锅，铛，铛，我们去医院看老马了。小刘寒了脸，看王三。王三忙把目光撒向人头攒动的大街。有马五在，没办法解释，王三想过会儿给小刘打个电话解释解释。

王三和马五原打算看完老马找个小酒馆晕晕，现在王三没有那个心情了，推说家里有事情，匆匆和马五分别。走到一个僻静处，掏出手机，打开通讯簿，翻出小刘的号码，打了过去。没人接。王三又接连着打了几次，还是没人接。看来小刘生气了。王三没办法，只好再找机会解释了。

在单位，小刘看见王三掉头就走。一天也找不到单处的机会，王三有些急了。快下班的时候，王三跑去小刘的办公室，看见门半开着，小刘背对着门口，正在电脑上打文件。王三忙走进去，这是多么好的一个时机，没有其他人，而且小刘是背对着自己，很多话说起来比面对面方便多了。王三用中指摸摸鼻头，冲着小刘的背影说，小刘，看老马的事情你不要误会。我原本不想去看老马的，就是现在我也没有半点想看老马的意思。小刘没有回头，手指在键盘上噼噼啪啪，哦，是吗？声音像冰凌。

王三接着说，都是马五，他硬拉我去，说什么老马和新来的主任是亲戚，不看僧面看佛面，没说完拉着我就走，我不去真是磨不开面子。小刘哦了一声，这样啊，我就说王哥不是那号人。声音像开冻的江水，春江水暖了，王三心情愉快。

王三拍着小刘的肩膀，不是马五硬拉我，我才不会去看老马，和新主任有亲戚咋了，新主任那么大年纪了，头发整天弄得油光光的，直闪眼，什么玩意。王三心情格外好，多说了几句话。他看小刘赶一份文件，转身告辞。

王三转过身，笑容突然僵住，结结巴巴地说，黄、黄主任好。

王三木然地盯了会儿黄主任远去的背影，转过头看着一脸愕然的小刘，冷哼一声，寒着脸离开。走出门，王三咬着牙暗说，装什么装小刘，电脑屏幕上肯定映照出了黄主任的影子，你也肯定看到了，就因为看老马的事情，你就这样子，哼。

第二天上班，小刘老远看见王三，笑着迎上来。王三寒着脸，掉头走开了。小刘的笑容骤然僵硬在脸上。

母亲的荣耀

我抬头，看见个熟悉的身影。我睁大眼睛仔细看，惊讶地张大了嘴巴。

母亲在一家大公司上班。饭后的闲暇，母亲会微笑着说起工作，

遇见另一个自己

办公室宽敞明亮，窗台上的紫罗兰花在阳光里盛开。我和父亲边听边像母亲那般快乐地笑。

父亲手术后恢复得很好。聪明能干的母亲，时常得意地炫耀工资和悠闲的工作。一家人的生活全靠母亲，她有理由骄傲，她的荣耀，也是我和父亲的荣耀。

这天下午，父亲来学校接我。看来父亲已经完全康复。我坐在自行车后座上，听骑车的父亲说，他今天开始找工作，只是年龄大，不太好找。他说不行就开个小饭店，卖包子和酸辣汤。我想说，看母亲多厉害，能在大公司找到工作。但我忍住了，这样说会让父亲难过。

我抬头，看见个熟悉的身影。我睁大眼睛仔细看，惊讶地张大了嘴巴。母亲，是母亲。她吊着一根白色的粗绳子，擦五楼外面的窗户，背后的工作服上印着大红字：完美家政。

我不敢相信眼前的一切。父亲还在说找工作的事，我的眼泪扑簌簌落下来。我没有告诉父亲，母亲此刻就在我们头顶的天空。晚上，母亲依然荣耀地说公司里的事，我把头埋进碗里，偷偷流泪。

后来父亲开了小饭店，专卖早点，生意很不错。他一个人忙不过来，母亲辞职了，和父亲一起卖早点。母亲每次说起辞职，说起公司清闲的工作，很惋惜的样子。

有次和父亲闲聊，我说，爸，母亲其实不在大公司上班，而是——

父亲打断我的话，说，我知道。

我愣了，父亲的眼泪缓缓流出来……

寄往天堂的羽绒袄

小美从枕头下掏出积攒了半年的钱，走向羽绒服店。她左腿残疾，路面结了冰，只能小心地蹒跚着，她感觉没有骑三轮车稳当。

小美走进羽绒服专卖店，抖落掉头发上的雪粒，用左手分别揉揉两只冻烂结痂的耳朵。右手插在袖口磨烂的棉袄口袋里，手心攥着一卷钱。

早上，小美骑三轮车到城东蔬菜批发市场，把老板过完称的蔬菜装进车斗里，拉回来，摆到小区菜市的摊位上。她摆好菜，歪扭地走到老板娘身旁，说，大姐，我请半天假。老板娘把嘴里的豆沫咽下去，说，好的，你快吃饭吧。小美拿个馒头，夹了咸菜，端着碗豆沫，坐在外面的菜摊旁。老板娘吃完饭，小美端着空碗走进来，收拾干净桌上的碗筷。

小美从枕头下掏出积攒了半年的钱，走向羽绒服店。她左腿残疾，路面结了冰，只能小心地慢慢地走着，她感觉没有骑三轮车稳当。

她站在各种款式的羽绒服前，慢慢地打量，终于，在一款黑色的羽绒袄前站住了，露出满意的笑。一千二百六。店员语气有些重。小美指指标价牌，笑着说，知道。店员热情地帮她包好羽绒袄。

小美去邮局，把羽绒袄装进包裹，认真填了地址和爷爷的名字，开心地笑了，笑出满眼泪水。那年冬夜，她发高烧，爷爷脱下棉袄包住她，背她去医院。路上，寒风刀子般刮来。她趴在爷爷背上，想赶快长大，长大后挣钱，给爷爷买天下最暖和的袄。

爷爷穿上羽绒袄，一定会高兴地吸着烟，满村转。村里人也一定会说，啊，老奎头从路沟里捡回来的娃，真捡值了。爷爷会美滋滋地嘿嘿笑。想到这里，小美心里甜蜜蜜的。只是小美不知道，爷爷昨天晚上已经去世了。

城市生活

到了第二天，意想不到的事情发生了。猫和老鼠一前一后在屋子里踱步。枣花惊讶地咧着嘴，眼睛都直了。

落落脸上的皮，用手一抹拉，纷纷飞扬。他用热水洗洗脸，涂抹层润肤膏。半个月前，落落请假回村收玉米棒子，邻家黑嫂打趣他，看落落像个城里人了，脸白得赛鹅屁股。落落的老婆枣花回敬黑嫂，你的脸是黑鹅屁股？俩女人嘻嘻哈哈地闹。

落落用木锨摊开棒子，晒几天，就能找西村的老范脱粒了，老范新买的脱粒机，收费也公道。脱完粒，再晒五六天，玉米就可以卖到镇上收购点，钱就可以装进口袋了。秋天的阳光干净却毒，落落的脸晒出一块块的黑斑。回到城里一个星期，开始脱皮了。

落落扔下镜子，看见柜子腿旁，有个小脑袋。他好奇地蹲下看。那个小脑袋探了出来，接着，一只老鼠大摇大摆地走出来了。这是只强壮的成年老鼠，身形很小，和乡下的老鼠不同。乡下的老鼠大，因为旷野自由的缘故，显得有些莽撞，却又很胆小，从来不敢无惧地站在人面前。城里的这只老鼠胆子真大，它颜色淡灰，黑眼珠闪闪发光，悠闲地踱着步子。落落好笑起来，不惊扰它，躺到床上蹭着房东家的网玩手机。这只老鼠，让孤零零的落落有了温暖的踏实感。睡觉的时候，老鼠不见了，柜子下传来咯咯吱吱啃东西的声音，落落笑了，蒙头大睡。

落落的儿子童童该上小学一年级了，落落在洗浴中心当了领班，工资也涨了不少。他把枣花和童童接到城里，托人让童童进了实验小学。枣花发现了老鼠，惊讶地说，城里的老鼠真胆大，大白天跑来跑去。说着就丢过去一只鞋。下午，枣花不知从哪里借来一只猫。大概托房东帮忙借的。那只猫很平常，褐色带着白色斑点，在乡村里经常能见到这样的猫。落落想说什么，张张嘴，终于没说，骑上自行车上班去了。晚上，老鼠出来了，猫跳下桌子，落落紧张地看过去。老鼠被猫用爪子摁着，吱吱惊恐地叫。落落叹口气。

忽然，老鼠挣脱了，猫跳着追，但又不是真追，老鼠钻进柜子下面了。枣花说，笨猫。落落却觉得很愉快。到了第二天，意想不到的事情发生了。猫和老鼠一前一后在屋子里踱步。枣花惊讶地咧着嘴，眼睛都直了。落落明白了，为什么城里的老鼠这么胆大，敢情猫不吃它们。枣花无奈，把猫送还回去了。她并未罢休，买了鼠药，先用馒头做诱饵，再烧饼，再鸡蛋糕，老鼠并不上当。枣花说，要不明天买袋牛肉做诱饵吧。落落吃惊地看着枣花。枣花并没有去买牛肉。后来，枣花又买了粘鼠板，买了捕鼠笼，均告失败。枣花每天不停地唠叨这只老鼠的事情，让落落烦躁。

一天中午，枣花唠叨完老鼠的事情，说，我要找些活干。一家人生活在城里，衣食住行很花钱。枣花很快在一家饭店上班，忙忙碌碌中，遗忘了那只老鼠。从此，那只老鼠消失了。

来年秋天，落落和枣花轮换班回家收玉米，因为要留一人在城里接送童童，给童童做饭，再说，请假也不能连续十几天啊。收完玉米，枣花和落落的脸上都开始掉皮。枣花整日郁闷着，说，咱俩辛辛苦苦在城里上班，不如黑嫂家种西瓜收入多，也不比秦先种辣椒收入多，明年咱都回去种西瓜去。等到脸上的老皮退净，枣花不再提回村种西瓜的事情了。

这天吃过早饭，枣花和落落商量，说在街口开家早点铺，卖包子和粥汤。落落不答应，说，咱们不是做生意的料。枣花说，我已经租过店面了。落落生气了，你怎么不和我商量？枣花说，你也不会同意，不如先办了再说，童童越来越大了，咱们年头干到年尾，挣的工资花干花净，不想办法不中啊。落落气得坐在门槛上，你开店就能稳赚不赔，租店面多少钱？枣花说，四万，还需要两万就能开张，我准备找哥借点。落落猛地跳起来，脸色也煞白了，正要发作，那只老鼠跑出来了。

老鼠快速奔跑，一头撞在桌子腿上，倒地，蹬蹬腿，死了。俩人看得目瞪口呆。最后，落落把老鼠扫进一个垃圾袋，拎着出门，向垃圾桶走去。扔完老鼠，落落站在街上，呆望着人来人往。

救

那个夜晚，我按约定进了一个僻静的小巷，没看见父亲，却冲出来几名警察。我明白了，一定是父亲告发了我……

　　我提前出狱了，我用公用电话拨打毛三的手机。停机了，毕竟四年过去了。

　　我凭着记忆，又拨通了一个电话。喂——清脆又略显疲惫的声音传来，熟悉的声音，像波浪从耳朵传递到心脏，再随着血液流遍全身，并激荡起了一朵朵浪花。我的眼泪模糊了眼睛。晓晓，是我。我答。对方愣了一下，大声说，焦辉？你是焦辉！

　　晓晓经营着一家小超市，不再扎马尾，笑容依然俏皮。我坐在小超市旁边的饭店里，从落地窗看见她像只快乐的小兔子，跳跃着跑过来。她把一瓶葡萄酒放在桌上，说，咱俩喝点红酒吧。我点点头。

　　我问，你有毛三的电话吗？晓晓把酒杯用力放在桌上，把头扭到一边，冷了脸。这一幕和几年前一样，晓晓反感我和毛三瞎混，我只要提了毛三，她就这样子，然后就吵架。我说，毛三欠我一笔钱，我从那地方出来，工作不好找，我想用那笔钱做点生意，拿到钱后，我和毛三永不再联系。晓晓的脸色缓和了，说，毛三半年前枪毙了。我愣了愣，手哆嗦了几下，几滴红酒从高腰玻璃杯里溅了出来。

　　你该回家看看叔叔。晓晓说。我冷笑了，说，他？那个告发我的人吗？晓晓深深地低下了头，良久，抬起头，泪流满面，焦辉，当年我和叔叔一起去的公安局。我愤然跳起来，吼，你们为什么这么做？晓晓也跳起来吼，因为我们爱你，不想让你越陷越深，最后像毛三一样被枪毙。想起毛三，我心里空了一下，觉得脑袋嗡嗡了几声。颓然跌在椅子上。

　　那个夜晚，我按约定进了一个僻静的小巷，没看见父亲，却冲出来几名警察。我明白了，一定是父亲告发了我，并把我骗入陷阱。

我像头红眼的恶狼，抽出携带的铁棍，击倒了两名警察，逃进漆黑的夜里。身后，几名警察追来。我跑到围墙边，被一名警察抓住了胳膊。我在武校学了两年，不甘心就此被俘。我矮身，一棍打在警察腿上，我听见骨头的咯嘣声，警察惨叫了一声，身子歪在一边。我趁机挣脱，借着路灯光，奋力爬围墙，忽然被重物击中了后背，眼前发黑，滑落下来，被赶到的警察摁翻在地。我的脸贴在冰冷的地面，看见受伤的警察，脸色惨白，又老又瘦。

我在狱中想明白了，父亲是为了我好，他多次劝我自首，我都没有听，他才把我骗进警察的包围圈。我在狱中积极改造，就是想早日自由，重新做人。但被亲人出卖的滋味让我绝望和寒心，我转不过这个弯，在龙城监狱，我是唯一拒绝家人探望的犯人。

晓晓说，你被抓后，叔叔终日坐在一间黑屋子里，屋子的门和窗都被木板钉住了，这四年来，叔叔除了在你母亲的忌日那天出来，去坟地祭奠，去拜访一位残疾的退休警察，其余时间，都待在黑屋子里，你二叔每日按时给叔叔送饭。我去劝了很多次，叔叔不肯出来，他说要陪你坐牢，直到你出来为止。我震惊了。

晓晓开车陪我回家。破败的小院，屋瓦上的枯草，在风中簌簌发抖。我曾住过的一间西屋，门窗用木板条封住了。我发疯似地拆着那些木板条。屋子里长期不见阳光，阴暗潮湿，散发着一股股难闻的气味。

我跪下号啕大哭。五十多岁的父亲，枯瘦得皮包着骨头，头发全白了，老泪纵横，喃喃说，辉，你终于回来了。晓晓经常来看父亲，给父亲送些衣物、饭食和酒，在黑屋子里，靠墙堆了很多空酒瓶。晓晓告诉我，他怕我父亲在潮湿的黑屋子里生病，经常把她超市里的酒送给父亲，让父亲喝酒驱散寒邪气。

父亲提着酒，带我去了一个墓园。我记得母亲的墓不在这里，父亲佝偻着腰，蹒跚地走，我跟在后面。到了一个墓前，父亲说，辉，跪下，给你李伯伯磕头。我望着墓碑上的照片，照片上的老人很瘦，眼睛却有神，我觉得在哪里见过他。父亲说，辉，他是李警官，当年就是他带人抓的你，他是全国公安系统射击亚军。他抓你那天，正准备办退休手续，听到报案，立即参加了行动。你砸碎了他的膝盖骨，他如果不是用枪砸你，而是开枪的话，你也许……

父亲把酒洒在墓碑前。醇厚绵长的酒香，弥漫在天地间。我流着泪跪下了……

大肉蒸碗

有次深夜，江伟呻吟声声。我赶快亮灯起身，见江伟面色煞白，满脸汗水，捂住胃部，难过得五官全拧到一块了。

我初来，领导单独为我接风，酒菜颇丰，领导并不多动筷。片刻，服务员端来一个海碗，领导满脸异彩，待碗放下，席间顿时香气弥漫。

我拣两片，不再动它，领导筷子不停，满嘴流油，体胖心宽的他吃得简直风光无限，我瘦身骨吃不得这油物。

领导才知我无缘肥肉厚重，哈哈笑，拍我肩示意理解，并在吃与嚼的空档里介绍起这美味来。

把猪肉（肥多瘦少）切成三指宽半指厚的肉片，排入瓦碗，浇上少许清水，放入白芷、花椒、小茴香、荜芨、八角茴香、丁香、山奈、

遇见另一个自己

干姜、砂仁、草果、葱、肉桂、肉豆蔻，在竹笼屉内一扣，火先大后小，半个时辰，起笼，放些许盐，点上老醋。入口即化，香气喷鼻，不腻不粘。此乃：大肉蒸碗。

领导又说我可是吃上了瘾，两天不吃，浑身难受。又说，知音难觅，唯有江伟。

我初调来，安排我住单位宿舍，有幸与江伟同室。江伟，中等身材，圆脸，眼有灵光，机敏活泼。

他的肠胃不好，每天晚上总要数次去厕所，抽屉里有胃药、消食片若干。我奇怪于他如何消受得大肉蒸碗，领导来电话请我去吃饭，我准知道大肉蒸碗，婉言拒绝。领导打给江伟，他神色得意地去了。

有次深夜，江伟呻吟声声。我赶快亮灯起身，见江伟面色煞白，满脸汗水，捂住胃部，难过得五官全拧到一块了。赶紧给他倒开水，拿止疼药，他示意我扶他去厕所，入了厕所，我刚离开，听到他又吐又拉。第二天，眼圈都发黑了。江伟骂：该死的大肉蒸碗。

经过这次，江伟和我的关系热了一步。江伟轻翻我桌上一摞又一摞书刊，摇头，说：没用。我追问。他说：你不和领导搞近关系，今后咋发展？我很想却又不能告诉他：这次来，就是要接替领导的位子的。领导处理完手头一些棘手的工作，会光荣调走。

有一次，江伟轻翻着我散放的摞摞杂志，随手打开一本书，不禁喜形于色，说：嘿，这破书还有些用处。我待问，他却转身离去。

此后，他的胃肠病轻了许多，陪完领导和大肉蒸碗后，还能进食一些水果饼干。他神秘地告诉我：最近单位要人事调整，暗示我他最不济可能做个领导的助手——副主任，而且还告诉我一个不可思议的事，他每次陪领导享用完大肉蒸碗后，找个静处，手指放入喉咙口而尽出胃中物，安然无恙，若无其事，这招是从我杂志上的一位保持身材的模特身上学来的。我接口：这位模特最后营养不良，见了上帝。江伟不在乎一笑，说：我能像她那样傻。

秋天的一日，天高气爽。欢送完领导，接着欢迎我上任。领导走时，真的大力推荐江伟，其实说心理话，江伟的办事能力还是可以的。

晚上，江伟抱了一大摞新书，叩开曾是领导如今是我的小居室。他面有尴尬，放下书说：书是人类进步的阶梯，今后，我要向领导您多多请教了。

我忽然闻到一阵蒸肉的香味，我确定，我和江伟今天都没有吃大肉蒸碗。